萨赫勒荒原

朱山坡 著

上海文艺出版社

Shanghai Literature & Art Publishing House

目　录

○萨赫勒荒原

　　抵达尼日尔首都尼亚美的那天晚上，一个叫萨哈的尼日尔黑人来机场接我。因为天黑，我看不清他长得怎么样、面部有什么表情。从机场到宾馆，我和萨哈几乎没说什么话，他跟我想象中热情奔放、擅长聊天的非洲人不太一样，一路上拘谨得略显尴尬。第二天，天还没有完全亮，萨哈便推开我的房门，将我从床上提起来，简单收拾一下便出发了。我弄不明白我的房门为什么未经同意就被粗鲁地打开。这个时候我才发现，他的脸憨厚纯朴，身材中等，看上去很强壮。只是他的性子有点儿急，收拾东西、走楼梯、跨过路障，风风火火的，我的行李箱被扔进车里时我还来不及提醒他小心轻放。我有些不愉快，但不能怪他，因为哪怕一路顺风，从尼亚美赶回津德尔中国援非医疗队驻地也要花上整个白天。总队领队反复叮嘱我们，一定不要走夜路。上个月，在卢旺达的一支中国援非医疗队就因为赶夜路出了车祸，虽然没有重大伤亡，但使馆一再强调：出门在外，安全第一。萨哈觉得他的责任十分重大，不仅要负责我的安全，还要保证车上的药品食品一件不少地送达驻地。

"日落之前必须赶到。夜幕降临，魔鬼也跟着降临。"萨哈对我说。非洲人习惯日出而作，日落而息。夜路不是给人行走的。看得出来，他是一个经验丰富、值得信赖的老司机。

我们迅速出发。

按原计划，我本应在尼亚美法语强化班培训半个月，下个月初才赶往津德尔接替援非满两年的老郭，但老郭突然病倒，紧急送回尼亚美，抢救无效，前几天去世了。我和他的遗体在空中擦肩而过。老郭一走，津德尔地区医疗队就缺少拿手术刀的医生了，那里等待做手术的病人排起了长队。我只好提前出发赶赴津德尔。

从市区出来，我们很快走上了横跨尼日尔东西部全境的"铀矿之路"。此路全长有一千多公里，津德尔就在路的另一头。由于年久失修，道路坑坑洼洼，车在路上走，像一艘驳船漂荡在风急浪高的海面上。我坐在副驾，双手牢牢抓住右侧顶上的扶手，时刻担心被抛出车窗。萨哈开车很专注，对我的狼狈和紧张熟视无睹，应该是习以为常了。我时不时提醒他"开慢一点儿"，但他把我的话当成了耳边风。为了安全，我还是忍不住一次又一次提醒他慢一点儿，但越是提醒，他开得越快，仿佛故意跟我较劲。越往前走，越辽阔、越荒凉、越凋败。村落和车辆越来越少，天色越来越明亮。已是深秋，满眼萧瑟，举目苍茫。

　　萨哈给中国援非医疗队当司机有三年多了，在尼亚美就看得出来，他对中国医生的信任和爱戴发自肺腑，源自骨髓。他比我年长十几岁，总是用父亲一般的目光看我，让我有些不自在，但又很有安全感。我对非洲大陆的了解仅限于书本和影视，对这里的一切很陌生，所以很忐忑，尤其是两个人行进在如此辽阔的大地上，前路迢迢，我心里更加惶恐。萨哈话不多，不愿意跟我闲聊，但对我偶尔提出的疑虑，他总给我满意的解答。有时候，他还忍不住纠正我的法语发音。我按他纠正的发音再练习三遍，他满意地转过脸来，朝我露出厚肥嘴唇保护下的洁白整齐的牙齿。

萨哈话多起来是因为进入了一个一望无际、渺无人烟的荒凉之地。

"萨赫勒大荒原。"萨哈说，"穿过去就是我们的驻地了。"

我想象中的萨赫勒荒原跟看到的完全不一样。它太辽阔、太平坦、太荒凉！不像新疆的戈壁滩，也不像内蒙古的大草原，这里简直看不到人类活动的痕迹。路边全是荒凉的灌木、荆棘和草甸，并朝着四周蔓延开去。一堆堆，一丛丛，像是一个又一个部落。每一棵树、每一只鸟、每一根草，都仿佛相处了千年，早已经看腻了彼此，却又不得不互相为邻，紧挨着搀扶着度过漫长的岁月和亘古的孤独。开始时我对此等风景感觉很新鲜，甚至有些兴奋，仿佛处处有惊喜，但很快便审美疲劳。因为此景近处是，远处也是，比远处更远的地方还是，仿佛全世界都是，像懒惰而马虎的画家留下的巨型草图。画家来不及完成它，或压根儿不懂得如何完成它，便在被孤独折磨死之前赶紧逃之夭夭。路的前方偶尔有风刮起的黄土，黄土里偶尔有羊群和野牛乍现，以及空中盘旋的黑鹰和乌鸦。环顾四周，在荒野里只有我们这一辆车，渺小得像一只爬行的蚂蚁，此刻我觉得我们不应该闯进这个原始的寂静的世界。最让我绝望的是，无论头抬多高，也看不到路的尽头。毫无疑问，这是世界上最孤独的公路，从荒凉通往荒凉，从寂寞通往寂寞。

我问萨哈，穿过大荒原要多久。

"日落之前。"萨哈脸上的淡定让我惊讶。

何时才日落呀？这太阳似乎才刚刚升起，那么高迥无际的天空，太阳会落山吗？极目远眺，山在哪里？

"山在我的心里。"萨哈说。

我刚想哂笑，萨哈突然肃然起来。

"老郭就是一座最高的山。"萨哈拍了拍方向盘，仿佛是刻意提醒我，不容我置疑。

怎么突然说到老郭了呢？

我故意对他隐瞒实情。"我不认识老郭，只知道他是天津市著名的外科医生，曾给非洲的几位总统做过手术，医术很高明。"

"你怎么不认识老郭呢？"萨哈惊讶地质疑我，并朝我投来不满的目光。也许在萨哈的眼里，我只是乳臭未干的新手，他不相信我能取代老郭。

我说："中国有很多跟老郭一样技术高超的医生。"

萨哈说："我知道。但老郭不仅仅是一个医生……你竟然不认识老郭！"

我惹萨哈不高兴了，因而又走了很长的路，他都不发一言。眼前令人忧伤的苍凉和不知道何时才走到尽头的绝望，让我也不想说话。

"我一共有过七个孩子。夭折了四个。"萨哈说。

不知道从什么时候、什么地方开始，萨哈突然开了口。"夭折了四个孩子"把我镇住了，我好久才反应过来，直了直身子："怎么啦？怎么会这样呢？"

在疾病和饥荒的多重打击下，尼日尔的死亡率很高，尤其是儿童。在国内培训时，看纪录片或听期满回国的同事讲述得知，在瘟疫流行的尼日尔一些地区，人命如草芥，尸体随处可见，人走着走着倒地就再也爬不起来。

　　萨哈没有回答我的疑惑。或许他觉得我压根儿就不应该有这样的疑惑。因为在这里，死亡不分年龄，是一个常识。他又陷入了无边无际的沉思。

　　我想打破尴尬的沉默，刚要打听一下老郭的故事，萨哈突然一个急刹车，我的头狠狠地撞到了车窗上。当我抬起头来，萨哈用手指了指车头前面，一条身材臃肿的蜥蜴正慢吞吞地摆着尾巴横穿公路，不慌不忙，霸道得像是大荒原的主人。我明白了，萨哈在给蜥蜴让路。

　　我感觉我的额头肿了。萨哈若无其事地说，还好吧？也不向我道歉。我说，有点儿晕。但萨哈并不理会我，车子加快了速度，身后扬起的尘土遮住了公路。

　　"要不，我们聊聊老郭？"我说。

　　萨哈的脸上突然布满了悲伤，连皱纹的缝隙里都堆积着难过，好一会儿也不吭声，只是喉咙咳了咳，像是被什么卡住了。面包车像辽阔海面上的飞鱼跳跃着前进。我担心车子会散架，双手紧紧抓住车顶上的扶手，但萨哈的驾驶技术真不错，车子跃起落地都很平稳，没有左右摇晃得很厉害。我不再提醒他"开慢点儿"，因为我也希望他尽快带我走出这片寂寥的大荒原。

荒原越来越苍茫，阳光越来越刺眼。我看着干旱的土地，喉咙突然有冒烟的感觉。我拿起矿泉水吸了一大口，然后把头探出车窗，朝饱受干渴之苦的灌木、荆棘和草甸，以及那些可能隐匿其中的动物用力地喷洒过去，希望能滋润一下它们。

"你真是一个傻瓜！怪不得不认识老郭。"萨哈看了我一眼，摇头道。

"我后悔没有从国内带来足够多的水，否则我能把整个大荒原都浇灌一遍。"我说。

萨哈笑了，用力踩了油门。车像一叶扁舟跃过海面。

车子跳跃之间，我的肚子饿了。这个点也是午饭时间，但萨哈没有停下来歇息片刻的意思。我可受不了饥饿，从挎包里掏出一包饼干。萨哈不吃我递给他的饼干，也不吃车上公家的食物，只吃自己随身携带的粟饼和水。我听说了，萨哈自尊心很强，从不贪小便宜，从不吃别人的口粮。他一边开车，一边啃了一半粟饼，喝了一小口水，算是结束午饭。剩下那半块粟饼，他不忍再啃，放回衣袋里。我不相信那么高大壮实的一个人吃那么点儿就饱了。我可没那么省，但在萨哈面前也不好意思吃得太奢侈，只吃了几块饼干和一瓶从北京带过来的八宝粥。饭后，我迅速有了睡意。尽管车子一路颠簸，我还是迷迷糊糊地睡着了。

不知道睡了多久。我是被萨哈又一个急刹车惊醒的。我睁开眼睛看到车头前站着一个身材高瘦的黑人男子。他双手张开，拦住了车的去路。

我大吃一惊，以为碰到劫匪了。在尼亚美的时候已经被告知，近年来由于旱灾，尼日尔遭遇了大饥荒，疾病盛行，饿死、病死的人随处可见，人们求生的欲望超过了对法律和戒条的敬畏。有些地方并不太平，常有劫匪出没。去年法国一支医疗小分队在穿越萨赫勒荒原时便遭遇了悍匪，两个医生和一个司机被枪杀。我在心里下意识地说了一声：完了！

萨哈倒很镇定，伸头出去，朝那个黑人质问："尼可，你要干吗？"

原来萨哈认识他。我悬起的心顿时放了下来。

那个叫尼可的男人走过来跟萨哈哗哗啦啦地说：

"我等你们两天了。三天前，有人看见你的车子往尼亚美走，我以为你昨天回来。如果今天等不到你，我会疯掉的。"

萨哈扭头对我解释说，一个熟人……郭医生给他的老祖母做过手术。

尼可朝我草草地瞧了一眼，对我说："他是我爸。"

他指的是萨哈。我仔细一对比，他们还真有几分像。尼可虽然长得很高，脸也显得成熟，但仔细一看也就十五六岁的样子。萨哈知道无法隐瞒，耸耸肩对我说："是的，他是我儿子。"

此时的阳光已经变得很柔和，有了黄昏将近的意思。阳光照在尼可那张温顺老实的脸上，他穿着一件灰白相间的衬衣和一条白色的中裤，赤着的脚脏得黑乎乎的。

萨哈问："祖母还好吗？"

尼可说："情况很不好！本来她快要不行了，一听说郭医生得病，她又活过来了。"

萨哈说："你告诉她，还早呢，不要急着上天堂。"

"祖母要去津德尔看郭医生。"尼可焦急地说，"郭医生是被魔鬼缠上了，祖母说要给他驱魔。"

萨哈说:"郭医生去了尼亚美……"

尼可说:"祖母说了,只要魔鬼还缠着郭医生,即使郭医生回到了中国,她也要去找到他。"

萨哈说:"没……没必要。"

尼可说:"祖母说了,她必须救郭医生。"

萨哈说:"郭医生能自己救自己。"

尼可说:"祖母说了……"

父子两人争执起来,各不相让。

我大声地劝了一句:"你们不要吵。"二人安静了一会儿。突然,尼可醒悟了似的,对父亲的话产生了疑虑:"郭医生不可能去尼亚美的,他不会丢下津德尔不管。祖母的心比眼睛更明亮,你骗不了祖母……"

萨哈无可奈何,对尼可吼了一声:"我没有骗她!魔鬼也没有死缠郭医生,什么事情也没有。你赶紧回家去。"

尼可偏不相信父亲,要把头伸进车里来看个究竟:"说不定郭医生就在车里面。"

萨哈一把推开他说:"车上什么也没有……"

其实车里堆满了食品和药物。津德尔,乃至整个尼日尔都缺这些东西。在国内很平常的东西，在这里却十分稀缺，甚至比黄金还珍贵。萨哈对自己的儿子都如此警惕，不让他看到车里的东西。

"如果见不到郭医生，祖母是不会罢休的。她只剩下最后一口气了。她要我等到郭医生。她说如果等不到郭医生，我就不必回村里了，让我跟着魔鬼走。"看样子，尼可固执起来比父亲萨哈更厉害。

我知道，在非洲部落中，祖母和母亲的地位很高，她们的命令和遗言是不能违抗的。

萨哈转过身来把嘴巴凑近我的耳边，轻声而严肃地说："不要告诉他郭医生已经去世了。"

我答应萨哈。尼可的目光越过萨哈落在我的脸上，他从我的帽子认出我的身份了："你是中国医生？"

我向他点头致意。他向我露出纯真而谦卑的笑容。

也许因为我，父子二人冷静下来，不再争执。萨哈的脸上露出了慈祥的神色。

"你回去告诉祖母，郭医生的病已经好了。没事了。过段日子他又会回来的。"貌似老实的萨哈说起谎来竟然一气呵成，毫无障碍。

"真的吗？"尼可盯着父亲的脸问。

"是真的。尼亚美的中国医生很厉害，把他的病治好了。"萨哈说，"世界上没有中国医生治不好的病。"

萨哈看了我一眼，希望我出语相助。为了打消尼可的顾虑，我挤出笑容对尼可说："是真的。郭医生休息几天就回来。"

萨哈说："缠在郭医生身上的魔鬼也松手了，放过了他……"

我附和说："是真的。现在郭医生一天天好起来了。"

尼可很高兴，竟然手舞足蹈起来。萨哈突然变得有些悲伤，转过身来，不让尼可看到他的神色，朝着远方看了一眼，不经意地发出一声叹息。

"太好了，祖母可以放心了。"尼可兴奋地说。

尼可向后退了两步，让我们的车离开。萨哈说："回去照顾好祖母！你就告诉她，郭医生现在很好，他很快就回到津德尔。"

尼可频频点头，像孩子一样向我们挥手告别。我也向他挥手说再见。

萨哈重新出发，但刚走出十几米，他又停了下来，跳下车，往回跑。我也看到了，身后的尼可瘫倒在路边！

职业的直觉和惯性让我赶紧跳下车，向尼可直奔过去。

萨哈扶着尼可坐起来，问他："怎么回事？"

"我饿。我感觉我快饿死了。"尼可说，"我在这里等你们两天两夜了。我以为天上会给我掉下一块粟饼，但连一滴露珠也没有。"

我摸了一下尼可的额头，好烫啊，而且他的身子在颤抖，还在流鼻涕。

"他没有什么问题，只是饿了。"萨哈轻轻推开我，轻描淡写地说。

我返回车上，从我的挎包里取出一块黑麦面包、一罐上海产的炼乳，跑到尼可跟前，塞给他。尼可端详着炼乳，双手震颤了几下。

"喝吧，是好东西。"我催促尼可。至少它能迅速补充能量。

但萨哈阻止了尼可打开炼乳，从自己的衣袋里掏出半块粟饼，正是午饭吃剩的那半块，送到尼可的嘴里。

尼可狼吞虎咽把粟饼吃完，喝了我递给他的半瓶水，很快便恢复过来，脸上慢慢绽放出生命的光彩，像一根快要枯死的草被甘露唤醒。

萨哈从尼可手里夺回我塞给他的炼乳和黑麦面包，还给我。

"你不能送他任何东西。"萨哈说，"因为对其他人不公平。"

"什么叫公平？人都快饿死了，公平还那么重要吗？"

"真主对每个人都是公平的。我们不能去破坏真主的旨意。"萨哈好像在给我普及常识。

我尊重常识。但尼可盯着我手里的炼乳，眼睛里充满了强烈的渴望。"能送给我吗？"尼可羞怯地问我。他怕我拒绝，赶紧补充说："我想让祖母尝尝。我发誓，她一辈子也没见过这东西。我不会动它，我只给她尝。"

不顾萨哈严肃的反对，我答应尼可："可以。"

尼可似乎一下子恢复了力量，从萨哈怀里站起来，举着炼乳，向我表示感谢。

　　萨哈看到我态度坚决，也不作声，愧疚地闭上了嘴。尼可双手把炼乳紧紧地抱在胸前，生怕父亲把它抢回去还给我。

　　我和萨哈要走了。尼可突然有点儿舍不得，走近我拉住我的手，看了他父亲一眼，胆怯而害羞地对我说："我……我想跟你去津德尔……"

　　萨哈忍无可忍了，突然恼羞成怒，一把打掉尼可拉着我的手，厉声地命令他："你还想干什么？回家去！"

　　萨哈威严和凶狠起来连我都胆寒。

　　尼可诺诺地退回去，眼神里忽然塞满了绝望的神色。

　　我惊愕地看着不近人情的萨哈，有点儿意外，而且很尴尬。这让我想起了小时候，父亲对我的样子。

　　萨哈推着我回到车上，继续前行。

　　为了把刚才耽误的时间抢回来，他把车开到了最快。

　　前面是一片绵延数十里的灌木黄叶，世界变成金黄。我相信这是大荒原为了取悦我而变换的风景。当然，它也让萨哈的怒火迅速平息下去了。

也许为了缓解刚才的尴尬，萨哈把车速放慢下来，主动跟我聊老郭。

去年，郭医生，也就是老郭，给尼可祖母做过摘除白内障的手术，使她瞎了十五年的眼睛重见光明。你不知道，尼可祖母看见亲人和草木后可高兴了，一连好几天都像小孩子一样又喊又叫，还像一只野鹿在荒原上撒欢儿。去年，我的两个儿子患脑膜炎，都快死了，也是老郭治好的。尼可祖母对老郭感恩戴德，视他为儿子。上个月，她就是沿着这条公路，一个人走了十二天。鬼才知道，她是怎样在这条公路上度过十二个日夜的。当她突然出现在津德尔中国医疗队驻地时，衣衫不整，蓬头垢面，像一株干渴的树，让大家大吃一惊。我也吃惊不小，还有点儿生气。我斥责她，你跑来这里干什么？你是怎样来到这里的？她是赤脚走路来的。靠吃野果和露珠走过了漫漫长路——穿越大荒原，路上差点儿被饿狼和野狗吃了。她要去见老郭。她说，十二天前的夜里她做了一个梦，梦见老郭被七只萨赫勒荒原恶魔缠住了，她看到老郭很难受、很危险，惊醒过来，从床上翻身下地，二话不说，谁也没有告诉，马上推开门，乘着星光和月色就出发了。她是来解救自己的儿子老郭的。在我们这里，萨赫勒荒原恶魔专门对人世间最好的好人下手，死缠烂打，比毒蛇还恶毒，比鬣狗还可恨。尼可祖母要带老郭回我们的村子里做一场法事，替他驱魔。每个月的某一天，先人的魂灵都聚集在村子里，她要借助先人魂灵的力量才能将老郭身上的恶魔驱散。那时候老郭的身体没有什么问题，只是经常超负荷工作有点儿疲倦而已。而且，你们中国人不信邪，不把老太太的话当回事，都劝她不要胡思乱想。

　　"我能看见它们，它们像毒蛇一样折腾郭医生。"老太太固执地说，"我是萨赫勒荒原活得最久的人，它们也不害怕我。过去我在黑暗里活了十五年，它们不害怕我。现在我的眼睛看得见了，它们终于害怕了。但仅靠我一个人的力量赶不跑它们。先人的魂灵比活人固执，不愿意到津德尔……"

　　老郭不相信这些乱七八糟的东西，况且，他哪有时间去做无聊的事情？他太忙了。任凭老太太怎么说，他都无动于衷，坚决不肯跟老太太走。排队等他做手术的人都责备老太太，嫌她干扰了老郭工作。老太太蹲在手术室门外哭，哭得很伤心。老郭安慰她说："我没事，身体好得很，你不要把眼睛哭瞎了，瞎了便看不见那些恶魔了，它们就不怕你了。"

老太太听老郭劝，不哭了。她知道劝不动老郭，央求我把老郭送到她的村子里去。

"你是我的儿子，郭医生也是我的儿子。我们的先人围着火堆坐着等他，郭医生再不去他们就要散了。"老太太对我说。

我对她说："你看看，那么多病人要医治，郭医生哪走得开呀？"

"忙也得顾性命呀！荒原上的野兽还想方设法活下去呢。"老太太在驻地纠缠了大半天，大家都有些不耐烦了。我劝她离开，不要耽误大家工作。她不听我的，还要我把老郭强行"抢走"。我们僵持着。我快要跟她吵起来了。老太太比母牛还要固执，一辈子都是这样。那时候，我宁愿她的眼睛没有被治好，那样就不会打扰老郭他们了。

"我也不知道母亲什么时候离开驻地的。"萨哈说，
"回去后便病倒了，尼可说她快不行了。"

我听说了，中国援非医疗队的医生们工作量很大，经
常超负荷工作，生活环境恶劣，营养跟不上，常常有累倒
在岗位上的人，更大的危险则来自疾病的侵袭。非洲有各
种传染病，一不小心便会感染上，这给中国医护人员带来
很大的威胁。萨哈说，老太太离开驻地后不久，老郭便出
事了。那些天他每天都要做两三台手术，经常连续工作
七八个小时，本来他身体就比较弱，终于扛不住了。那天
给一个病人做完手术后，他突然昏倒在手术台前……

太阳早已经西斜，我看见地平线上的霞光了。但我的
视线模糊不清，因为泪水不知道什么时候溢了出来。

萨哈突然把车停了下来，质问我："你认识老郭，对
不对？如果你不说实话，我就把你扔在这里喂狼。"

我怔怔地看着萨哈。他是认真的。

我只好说："他是我的博士导师。"

"你为什么要对我隐瞒？"萨哈说。

"老郭也对你们隐瞒了实情。他有心脏病，而且是医

学上比较罕见的心脏病，很危险，一般仪器检查不出来。除了他自己，这个秘密只有我知道，他要我替他隐瞒。他说哪怕他死了，也要替他隐瞒。"我说的都是实话，"两年前，本来是我来这里的，但老郭跟我抢。他说他一定要去援非，这是他最大的心愿。"

我哭了。老郭是我的恩师。平时他一副玩世不恭的样子，但他是省内最顶尖的医学权威，一说到医学，他比谁都严肃，对细节比谁都严苛。我们经常为学术上的事情争论不休。虽然我的业务能力在三百多名医生的单位里只输给他一个人，但他没少当众责怪我。在工作中我没少顶撞他，同事都说我和他是冤家师生，可是我内心对他无比崇敬。然而在外面，我从不说我是他的学生，以此博得别人对我刮目相看。

"我担心我把老郭的秘密说出去，所以我干脆说我不认识他，这样你们就不会向我打听了。"我说。

萨哈满意地拍了拍我的肩头："我原谅你了。我们继续走吧。"

我没有替老郭永久地保守秘密，有些自责。但把秘密说出来，这让我心里很舒坦。

　　我想起送老郭去机场的那天，阴雨连绵，春天的气息竟然让我们有些伤感。因为他放心不下身体不好的太太和准备高考的儿子。我最后一次问他，非得要去吗？他依然坚定地说，要去。此时，压在心底的悲伤突然翻滚起来，溢出我的胸膛，在大荒原弥漫开去。

　　萨哈好像有心灵感应一般，猛然拍了拍方向盘，发出一声重重的叹息。

　　"老郭到津德尔报到的那天，也是乘坐我开的车。就像今天这样，坐在你的位置。但他没有你那么木讷，他对大荒原的风光无比喜欢，不断用相机拍照。不过，那时候是春天，是大荒原最美丽的季节。"萨哈说。

　　是啊，一路上我竟然没拍一张照片。其实，秋天的萨赫勒大荒原也很漂亮。

　　车子朝着太阳滑落的方向飞驰。几只乌鸦盘旋在车的上空，不断发出饥饿的喊叫，不像是保驾护航。

　　我突然想起刚才尼可脸额发烫，身子发抖。我那时以为他只是在烈日下晒了太久，饥渴到了极点才那样的。但职业的直觉和敏感让我醒悟过来，我猛叫了一声：

"停车！"

萨哈下意识地刹住了车，疑惑地看着我。

我说："掉头！"

"为什么？"萨哈对我命令式的语气有点儿不满。

"我们回去看看尼可。"我说，"我怀疑他患上了疟疾。"

萨哈没有马上掉头，脸上也没有震惊和焦急之色。

"疟疾很危险。会死人的。"我说。我第一次到非洲，经验还是不足，敏感性也不够，我为刚才自己的疏忽大意感到羞愧。如果老郭在，他肯定又会把我骂得狗血淋头。

萨哈重新启动了车。但他没有掉头，而是继续往前开。

医生的责任感让我对萨哈的麻木生气，我大声命令他："掉头！"

萨哈没有听从我的命令。可能我不是领队，只是中国医疗队的一个新兵，没有资格命令他。

我提高嗓门再次要求他："尼可很危险，我是医生，我请你立即掉头救人！"

萨哈沉默了一会儿才平静地回答我说："我知道尼可

很危险。经验已经告诉我,他就是患病了。他只是患病而已,但天黑之前我们必须赶到津德尔驻地!"

我明白。萨哈说的是对的,但我不能见死不救。掉头回去,我能给尼可治疗,给他打一针,给他几片药物,耽误不了多少时间。救人比按时抵达更重要吧?

我把语气放得柔软,恳请萨哈:"尼可是你的儿子,他回村子里会传染其他人。"

萨哈说:"也许是村子里的人传染给他的。这里到处都有疾病,每天都有人死去。在死亡面前人人是平等的,连老郭也不能例外。"

我说:"你真冷血!我来尼日尔是治病救人的,不是来听你普及狗屁常识的。如果我错过了救尼可,我会内疚一辈子的。老郭在天堂看得一清二楚,他不会原谅我们。"

萨哈脸上依然没有什么表情,好像尼可是别人的儿子。他不打算回头。

"你已经送给他一罐炼乳。这对其他人已经不公平。你看看这个大荒原,每一棵树、每一棵草,都忍受着饥渴,每年都要枯死一次。你拿着几瓶水去救活几棵草,但救活不了整个大荒原。用不着担心，到了明年春天，荒原上的一切又会重生。"萨哈若无其事地说。也许他看见过太多的死亡，所以不再有惊讶和悲伤。

我乞求萨哈："回头吧，救救尼可。"

萨哈不为所动，淡淡地对我说："老郭，还有你们中国医疗队，已经救了我的两个儿子，治好了我的老母亲，如果我再让你们救尼可，村里的人会说我替你们开车是为了谋私利、得好处。我宁愿死也不能那样做。"

原来，萨哈不返回救儿子还有这样一个理由！也许这才是真正的原因。

"在萨赫勒荒原，死并不可怕。好人死后能上天堂。"萨哈说，"你应该看得出来，尼可是一个好人，老郭也是。"

看萨哈的表情，他是认真的，没有商量的余地。他的脚没有松开油门。

"日落之前我们必须赶到驻地。"萨哈说，"他们等着药物救人。"

日落时分，荒原更加苍茫。天色慢慢暗淡下来。我忍不住回头看，但飞扬的尘土遮住了一切。

　　我总感觉尼可在我们的身后，一路追赶着，向我招手，乞求我救他。我仿佛听到了他奔跑的声音，他用最后的力气向我们冲刺。他快要追上来了，但萨哈加快了车速，似乎在故意摆脱尼可。

　　地平线在遥远的前方，太阳朝着地平线缓缓下坠。大荒原很快便要到尽头了。

　　我如坐针毡，几次要推开车门跳下去，但车速越来越快，车子像是要飞起来。我狠狠地瞪了几眼萨哈，最后一次瞪他时，意外地发现他已经泪流满面，泪水重重砸在方向盘上。我一下子瘫软在座椅上。

　　夜幕降临前，我们终于穿越了萨赫勒大荒原。抵达津德尔驻地时，已经是繁星满天，月牙挂在头顶上。

　　到了津德尔驻地的第二天，我便接替老郭开展工作。病人出乎意料得多，药品得省着用。听说很多病人在送来驻地的途中便死了，亲人便将他们就地掩埋。我跟同事们每天都要救治不少病人。我的手术水平得到了同事们和病人的认可，说我不愧是老郭的学生，这让我很高兴。但我时不时地想起尼可，他本应该是我到非洲后第一个救治的病人。我不知道他现在怎么样了。萨哈经常外出，大约两周之后，我才再次见到萨哈。

我自然而然地问起尼可的情况，但他对尼可避而不谈，只说起尼可的祖母。

"当天晚上，她喝了一口尼可带回去的炼乳，半夜里便去世了。"萨哈说，"她说她喝到了世界上最好的东西，肯定是她的儿子老郭带给她的，圆满了，可以满嘴乳香去见祖先了。"

我听后很欣慰。不过，话说回来，炼乳真的好喝，那是师母在我出发前塞到我行囊里最好的东西。她说，老郭也喜欢喝这个牌子的炼乳。我本想到了弹尽粮绝之时才喝的。

"但是，请你不要见怪。"萨哈遗憾地告诉我，"尼可欺骗他祖母说，炼乳确实是郭医生送的。"

我耸耸肩，张开拿着手术刀的双手，向萨哈表示我并不在意。但我向萨哈提了一个要求：再次穿越萨赫勒荒原时，我想顺便到萨哈老家的村子里看看。

　　萨哈沉吟了一会儿才答应我："等到我们先人的魂灵聚集时，你也许能看到尼可的祖母。"

　　我很期待。到了那时候，我真的希望还能够见到尼可。

〇索马里骆驼

上篇

有一天，我突然接到一个恳请我前往柏培拉的电话。此人自称是我的父亲。他的语气虚弱，甚至有些哀伤。他说：我快死了，但愿父子能见上最后一面。

那一瞬间，仿佛是有人告诉我，在遥不可及的地球背面有一只似曾相识的蚂蚁生命垂危，想跟我握个手。我没有答应他，不管电话那一头仍在苦苦哀求，我果断地挂了电话。

我坚信我的绝情和冷漠是遗传自给我打电话的人，他咎由自取。但放下电话之后，我很快产生了些悔意。因为我想起了骆驼，那是父亲留给我的仅有的温暖、动人的记忆。

尽管很短暂。

我没见过几回父亲，对他非常陌生。他离我也很远，仿佛是另一个世界的人。他曾经是援非医生，上世纪八十年代初去索马里待了三年。回国后不久，他从省医院辞职回家，一个人离开了中国。当时，我出生才八个月，还在母亲的襁褓里，完全不知道父亲和母亲之间发生了什么事情。据母亲后来的描述，父亲离开那天，我哭喊得特别厉害，好像从此再也见不到父亲那样，哀嚎得撕心裂肺，最后爬着从床上滚下来，爬着往门外追赶父亲，被高高的门槛挡住了去路。我想，母亲的描述有些夸张了，八个月大的孩子懂什么生离死别？在我的成长过程中，我追问得最多的事情便是父亲究竟去了哪里。母亲的答案模棱两可，经常指着非洲地图，手指滑到哪里，父亲就在哪里。一会儿说在尼日尔，一会儿说在赞比亚，她也没有弄清楚。

后来有一些事情我弄清楚了。父亲援非期间，母亲闹了是非，确切地说是绯闻。"谣言"在她的单位满天飞，说她夜里经常用头巾遮掩着脸闪进电影制片厂一个陆姓导演的宿舍，一个小时后匆匆出来，消失在芒果树成排的院子通道中。省城并不大，圈子更小，父亲一回国便被母亲的流言蜚语包围，像掉进了粪坑里。母亲替自己辩护，说那是竞争对手造谣，她根本就没进过电影制片厂的大门，跟陆姓导演也只是在摄影棚里见过一次，她应邀前去给女演员们指导印度舞。然而谣言里的细节如此细致逼真，偷情者的举动神态纤毫毕现，父亲不相信只是空穴来风。母亲有口难辩，一头撞到了省文工团排练场的玻璃镜墙上，头破血流，并意外发现自己怀孕了，事情反而闹得更大。父亲死爱面子，把自己关在家里，不出门见任何人，从早到晚用针扎假人，有时候还扎自己，身上扎满了针，像一头箭猪，直到一年多后离开中国，远走高飞。

　　我唯一弄不清楚的事情是我到底是不是父亲的亲生儿子。母亲是坚信不疑的，但好像父亲并不那么坚决，因为我看不出他对我有任何父子之情，他连信都没有给我和母亲写过。只有一次他给他的弟弟写过一封信，让他的弟弟转告我们：他在索马里靠近亚丁湾的柏培拉市。除此之外，我对他一无所知。

我能确定的只有一件事：在这世界上我仍有一个似是而非的父亲。

有时候，有可能，还有另一个同样似是而非的父亲。我见过陆姓导演。六岁那年春天，在电影制片厂门口，母亲推着自行车带着我。我坐在后座，双手拉着她的衣服。我们不进去，只在门卫室从外往里面张望，与电影制片厂就差一个铁栅栏。进进出出电影制片厂的人川流不息。母亲戴着头巾，他们没有注意到我们。大约半个小时后，一个高个子、戴白色羊毛围巾的男人从电影制片厂里低着头走出来，眼镜是茶色的，文质彬彬，他旁若无人地从我们身边走过。母亲用自行车拦住了他的去路。

犹如一只鹿无意中撞上一头狮子，他惊慌的表情生动地印在我的脑海，至今仍然清晰。

母亲只和他说了一句话："我根本就不认识你！别在电影里扯上我！"

他还没有反应过来，母亲已经掉头，拂袖而去。

我问母亲："那个人是谁？"

"什么也不是！"母亲对着我低吼了一声，然后推着自行车急匆匆地把自己淹没在行人里。我回头看那个人。他耷拉着肩立在电影制片厂门口，远远看去，他的背竟然有点驼，背部靠肩处明显隆起，像一头电影里的单峰骆驼。

我估计那个人就是陆姓导演。两年后，我在晚报娱乐版的一篇电影报道中一眼认出他来。照片上的人跟我见过的一模一样，连围巾和眼镜都一样。但报道上说，他已经调到西安电影制片厂了，最新导演的爱情电影很快就要跟观众见面了，女主角是一名舞蹈家。

在我九岁那年冬天，萧瑟的景象随处可见。我在乡下的外婆家过寒假，在一块种满番茄和法国豆的稻田里，正在跟外婆挖土豆。父亲突然出现在我的面前。他骑着一匹银灰色的骆驼，似乎一下子便认出我来，对我格外亲热，从骆驼背上的布袋里掏出一把大白兔奶糖，引诱我。但我没有迎上去，哪怕他给我最期盼的手枪，我也不会伸手，因为我不认识他。而且，我被骆驼震惊了。这里从没有骆驼出现过，我还是第一次看见真的骆驼。很高大，腿很长，庞然大物，像是天外来客，或者是电影里走出来的巨怪。

它有两个驼峰，高高的，父亲坐在后一座驼峰前。它的脖子比我想象中的还要长。它把嘴巴伸向我，先是嗅了嗅，然后露出洁白的牙齿，好像要吃了我。我惊叫着呼喊外婆。外婆的耳朵早就不好使了，感受不到我的惶恐。我使劲摇她的肩膀。她把头从还算茂盛的土豆苗里拔出来，借着夕阳的余晖看清了眼前这个男人。

"他是你爸。"外婆对我说。

父亲从骆驼上跳下来，走向我，说要带我离开这里，去一个遥远的地方。我不知所措。外婆没有反对，或者她因为慌乱而忘记了反对，更可能的情况是她还没有搞清楚眼前发生了什么事情。外婆老糊涂了，经常是今天才对昨天或几天前发生的事情恍然大悟，然后懊悔不迭、捶胸顿足或哑然失望。空旷的田野只剩下我和外婆，现在又加上一个叫爸的陌生人。他长得也很高大，身材瘦长，仿佛有骆驼那么高，穿着蓝色的运动秋装，白色回力运动鞋，银边眼镜挂在他的脸上小得明显不匹配，显得鼻子很长。当然，他的脸也长，还有点黝黑，但看上去很俊朗。我感觉他跟其他人的父亲都不一样，但我也说不清是好，还是不好。地上一堆土豆孤零零地躺着，远处有几尊新扎的稻草人。番茄熟了，青里透着红。二舅给我制作的手推车安静地站在父亲的脚边，在一匹骆驼面前显得特别幼稚、弱小，我担心骆驼蔑视它，一脚将它踩碎。

父亲将我抱到骆驼背上，让我坐在前座。这匹骆驼刚好两个座位，刚好够两个人坐。那是我第一次骑骆驼。我很害怕。好高啊，像坐在悬崖上，外婆顿时显得很矮小。不知道为什么，外婆的眼泪像土豆一样从她深陷的眼窝里攀爬出来，在脸上滚动。她茫然不知所措。

父亲在前面牵着骆驼，到了漉水河，他才上了骆驼。当他要快马加鞭跑起来时，母亲突然出现，从侧面包抄过来，双手张开，披头散发，像一只母鸡拦住了雄狮的去路。

骆驼停了下来，仿佛突然发现一切都如此陌生和凶险，瞬间明白误入了世界，它有点惊惶，也有点迷茫。母亲嚎叫着让我从骆驼上"滚下来"。如果是在平时，我不会有半点儿犹豫，立马听从母亲的命令，但当我骑上骆驼的那一刻，就感觉高高在上，一切都变得不一样了。我仿佛看到了一个崭新的遥远的世界，在很短的时间里便迷恋上了骆驼雄厚坚实的背脊。我希望母亲的怒吼变得越来越弱，到最后变成默认。但情况正好相反，她声嘶力竭的叫喊震颤了我。我快坐不稳了，回头看看父亲。他露出了陌生而无力的笑容。母亲拖着我的左腿，将我从高高的骆驼上拉了下来。我重重摔在地上。

骆驼仰起高高的头颅，发出一声嘶鸣。几只昏鸦受到了惊吓，在空中突然折返。

此时的母亲是省文工团早已过气了的舞蹈演员。因为颈椎病越来越严重，遍访名医仍无济于事，母亲很早便处于休养状态。她经常携我回到乡下，回避那些飞短流长。地里的那些土豆就是她种的，虽然种得并不好，草盛豆苗稀，挖出来的土豆偏小、偏瘦、偏扁、疙瘩多，估计连骆驼也嫌弃。

与九年前相比，母亲的容颜衰老了一些，衣着也老土了，还不修边幅，泥污遮蔽脸容也不管，甚至看不出她曾经是省文工团的王牌舞蹈演员。但凡见过她跳印度舞的人没有谁不说她跳得真好，她的印度舞是省文工团的一绝，连访华的印度舞女都自叹弗如。当然，她也漂亮，是真的漂亮。听说父亲就是在看她表演印度舞的晚会上对她一见钟情的。那时候父亲的条件也不差，北京协和医学院毕业，是省里最好的针灸医生，他曾因几针一下去竟然让一个瘫痪多年的老将军重新站了起来而成名。母亲崇拜他，也很需要他，因为练舞多年，年纪轻轻的她颈椎病却相当严重了，如果这样下去，她将再也无法表演印度舞。有一天，她冒昧登门恳请父亲给她治疗，父亲自然十分惊喜。但他没有几针就解决问题，而是用了半年时间才将她的颈椎病极大地缓解。母亲感激涕零，但父亲告诉她，病根无法根除，针灸理疗将是一辈子的事情，也就是明确告诉了母亲：你这辈子离不开我了。他们相爱了。结婚后，在父亲坚持不懈的努力下，母亲的颈椎病基本上治愈了，但感情却出现了问题。母亲不顾父亲的劝告，固执而狂热地继续跳她至爱的印度舞。她要取悦观众，体现自己的价值，她也因此得到了无数的赞美和荣誉。父亲一再警告她，印度舞会彻底毁了她的颈椎，最后可能导致瘫痪并且不可逆转。母亲不听劝告，相信父亲精湛的医术会呵护她的颈椎。然而，父亲不是神医，母亲的颈椎还是不堪重负，颈椎病又复发了。有一次，她甚至因为颈椎病晕倒在舞台上，颜面尽失。母亲责怪父亲故意留一手，没有彻底治愈她的颈椎病，因为他企图控制她一辈子，小人之心，自私狭隘。父亲不厌其烦地向她普及医学常识，从中医到西医，甚至印度、南美的巫医，都跟她解释过无数遍，大部分疾病是无法根治的，哪怕习以为常的感冒、胃病、白癜风、高血压，而且治疗效果因人而异，颈椎病也一样。他们开始了旷日持久的争吵。

父亲似乎厌倦了一切。那一年，他申请援非，一走了之。父亲回来后，母亲以为一切可以重新开始，但父亲离开的步伐更坚决，更彻底。父亲出门时说的那句"我再也不回来了"对母亲是一个重大打击。从此她的生活和工作都乱了方寸，日子过得动荡不安，只有回到乡下才稍为宁静安稳一些。于是，我们经常回外婆家躲避尘世的喧嚣。但乡下的日子每一天都寂寞，无聊，漫长得没有尽头，母亲经常一个人坐在长满野菊和狗尾巴草的山坡上发呆，半天不动，我担心她变成狗尾巴草，我和外婆都辨不出她来。

我跟母亲说，我想回省城上学。

母亲说，省城有什么好？省城会毁了你。

母亲每隔一段时间便回省城，像一尾鱼，每隔一阵子必须回到水里。她回省城只为做一件事，就是像侦探一样，把隐藏在背后造谣的人揪出来，证明自己的清白。不是为了她自己，也不是为了我父亲，而是为了我。母亲是何等聪明机智的人，她果然成功了。造谣的人竟然是她最好的朋友、同事，也是舞伴。她们一起训练，一起成长，一起演出，经常住在一起。但正是她，一边跟母亲情同姐妹，一边嫉妒母亲的美貌和舞技，以为是母亲压制了她，使得她默默无闻。于是她以匿名信的方式向组织举报母亲私生活混乱，跟一个陆姓导演关系不正常，并将匿名信寄给了所有同事。母亲一开始万万想不到是她。因为在母亲受绯闻伤害最深、心情最郁闷的时候，是她嘘寒问暖，给予了母亲最好的安慰和无微不至的关怀，让母亲深受感动。然而，有一次，在谈到陆姓导演的时候她一刹那间慌乱的眼神引起了母亲的警觉和怀疑，在母亲的追问下那女人咚一声跪在母亲的面前。母亲伤心欲绝。那女人向母亲认错赔罪。结果两人在咖啡厅里抱头痛哭。母亲说，只要她第二天在文工团政治学习会上说明真相、承认错误、公开道歉、消除影响，她们还是好舞伴、好姐妹。那女人答应了。母亲回到家里，高兴地对我说，从明天开始，我就可以清清白白地做人了，一切丢失的东西都会重新回来。我问母亲，是什么事情呀？母亲笑而不答。她说话的时候正在用洗面奶使劲搓洗脸上的泪痕，折腾了好半天，还是对自己的脸不满意，换了另一种洗面奶继续搓洗，发狠地搓，仿佛要将脸皮换掉。第二天一早，母亲刚要出门，便接到一个电话。挂了电话后她蔫倒在客厅里，那样子就应该是传说中的魂飞魄散。

电话中的人告诉母亲，那女人，竟然在昨夜投河自杀了，没有留下遗书，她带走了儿子的布骆驼。人打捞上来了，布骆驼还在像沙漠一样宽大平静的湖面上漂泊、跋涉，寻找彼岸。

那天母亲在客厅的地板上坐了一个上午，披头散发，目光呆滞。我躲在房间里，偶尔透过门缝瞧她，很担心，很害怕她弄死自己。那时候，我多么希望父亲突然出现，哪怕有一个陌生的男人出现在她的面前安抚一下她也好。可是，那天上午屋子里只有我们母子二人。我心里开始恨父亲，甚至诅咒他。

那女人三年前离了婚，也有一个七岁的孩子跟她一起生活。我跟她的孩子一起玩过，我不喜欢他，因为他不爱说话，也不理会我，只顾着玩一只银灰色的布骆驼，时刻提防着被我抢走。母亲悄悄告诉过我，他患有自闭症。后来我再也不跟他一起玩，但我记得他的骆驼玩具似乎会说话，因为他把我晾在一边，跟它交谈，跟它笑。

为了保住那女人的声誉，母亲没有将她诬告的事情说出去，默默承受流言蜚语的围攻。但母亲将此事告诉了外婆。

"天诛地灭啊，这样歹毒的女人不得好死——你为什么要放过她啊？"一向善良、慈悲的外婆也生气了。

母亲淡淡地说："她不歹毒。她死了。"

外婆迅速沉默了，从口袋里掏出她的佛珠用双手不断地捻着。她的嘴唇是颤抖的，仿佛牙齿也在蠕动，把嘴巴里本来要说的话嚼碎吞下肚去。

从此以后，母亲也不再理会那些流言蜚语。只是我和她在一起的时候，她经常无缘无故、不知所谓地从嘴里蹦出句"清者自清"，清晰可辨。我吃惊，她也吃惊，彼时她的神情有点恍惚，瞧人的眼神直挺挺的，有点呆滞。

父亲不相信母亲是清白的。他在信里就是那样写的：你比发情期的母骆驼还骚，隔着千山万水我也能闻到你的骚味。

有一天，母亲问我：你见过骆驼吗？我说没有。母亲平静地对自己说，我也没有见过。我经常偷偷闻母亲身上的气息，实话实说，果然有一种与众不同的骚味，也许那就是母骆驼发情期的气味。

四年前父亲来信说要跟母亲办离婚手续。母亲用怒火将并不长的信笺烧成灰烬，并扔下一句狠话：等我死了再说吧。母亲把她的愤怒写进了回信中，我想，这封信里的怒火足以将非洲大草原点燃。母亲说父亲在非洲有了新女人，是一个女黑人。我问，有外婆那么黑吗？母亲说，差不多吧。你见过吗？我问母亲。母亲又是模棱两可地回答，别人说的，不一定是真的，也不一定是假的。

父亲从骆驼上下来。母亲把我推到道路的一边，让我跟父亲保持安全距离。然后父亲跟她争吵。主要是母亲在吵，父亲很少回话。母亲将九年来要对他说的话一下子喷了出来，开始是暴怒，怒火伤及了骆驼，它识趣地退到道路的另一边，一动不动地看着前方。前方是黑色的山峦和茂密的树木。

父亲坚决要带走我，母亲拦住他，不让他靠近我。父亲用力推开她。母亲的力气远比不上父亲，眼看就要被突破，败局将至，母亲双手松开父亲，闪到一边，恶狠狠地说："对，他不是你的儿子！"

父亲愣住了。这么多年，仿佛终于听到了一句真话，他一下子蔫了，露出了绝望的冷笑。但当他和我目光相对时，脸色迅速温暖起来，转身对母亲说："你又说谎了。你以为这样说就可以阻止我带他离开了？"

母亲也许意识到了什么，双手插头拉扯头发，让内心的怒火迅速平息下来，然后整理了一下自己不那么整洁的衣裳，不敢正眼看我。

外婆站在远处，仿佛她听明白了他们在争吵什么，然后向我招手，让我回到她的身边。暮色四合，原野上的一切都变得模糊起来。母亲和父亲对峙着，谁也无法打败对方。我的命运将取决于他们争吵的结果。

结果是我留了下来。父亲也留了下来。

父亲把绳子交到我的手上。我内心有些兴奋，小心翼翼地牵着骆驼，穿过幽暗的竹林。回到外婆家，我把骆驼关进竹栅栏围成的牛棚，然后静静地看它啃着新鲜的草料和蔬菜。它不时抬头看我。我伸手去摸它的头，想跟它说说话。

"它来自非洲，听不懂你说的话。"父亲突然出现在我的身后，笑得比刚才灿烂自然了些，但像是跟我开玩笑。他抚摸着我的头说："只要肚子里有足够的水，它能走遍全世界。"

从外面到外婆家的路并没有通车，道路崎岖，弯曲，马匹是主要的交通工具。骆驼对这里来说是让人惊诧的异物，应该在遥远的西北部才有。村里的人对骆驼充满了好奇，不一会儿，他们便将牛栏围得水泄不通。

"非洲的骆驼，健壮，耐跑。"父亲对他们说，"随便你们骑。它能走多远,你们便能走多远。"

"你真的是骑着骆驼从非洲回来的?"村人问。

父亲沉吟了一下,迅速觑了一眼母亲。母亲站在人群之外远远地眺望着骆驼,一副俯视众生、冷眼旁观不予置评的样子。我惊讶的是,在那么短的时间里,她竟然已经换了新衣裳,把自己收拾得整整齐齐,光彩照人,终于在一群村妇中脱颖而出。仿佛是从母亲那里得到了准许的勇气,父亲坚定地回答:"是的。"

一头骆驼从非洲到这里得走多长的路啊。他们有人相信有人不相信,一下子争论开去。

父亲说,如果有足够长的梯子,骆驼靠四条腿能一直走到月亮上去。他们面面相觑又频频点头,把父亲看成一个见多识广的智者——骑着骆驼来的人多么了不起啊。但我不相信父亲的话,即使是事实,也只有通过母亲说出来才是真的。我等待母亲走到中间来,对他们的争论一锤定音。但此时夜幕啪一声掉到地上,浓雾散开来,谁也看不见谁,只有骆驼仍在黑暗里闪闪发亮。他们一哄而散。

当天夜晚,我和外婆躺在床上无法入睡,即便在黑暗里我们也互相看着对方。我想告诉外婆的是，当我第一眼看见父亲的时候，不需要佐证我就认定他是我的父亲，尽管我们的长相并无相近之处，际遇也不同，但我希望成为像他那样的人，骑着骆驼行走在无垠的大地上。父亲和母亲在隔壁房间，我整夜担心他们争吵起来，但那一夜，比任何时候都寂静，月色也甜美，窗外的虫鸣犬吠让我想到了非洲大草原，还有沙漠里孤独的旅人和驼影，我心里希望母亲第二天便改变主意，允许父亲带我走，骑着骆驼，一路到非洲去，从此我便在辽阔的世界上行走。

　　然而，第二天的结果是，天刚亮，我便看到父亲正在鼓励母亲骑到骆驼上去。母亲穿的白色碎花衬衣，束进了蓝色西裤，屁股丰腴，腰并不粗壮，长腿显得更长。头发像是刚洗剪过，不长不短，刚好及肩。时隔多年，那对银色的大耳环重新回到了她的耳垂。脸色红润，面庞上仿佛跳动着火光。我从没见识过如此美丽的母亲，而且，晚风徐来，隔着三丈地，我也能闻到她身上散发出来的气味。对，是母骆驼的骚味。

　　母亲既害羞，又害怕。驼峰让她觉得高不可攀，跃跃欲试却不敢轻举妄动。父亲令骆驼蹲下身来，但骆驼公然违抗命令，目视远方，似乎对这里的一切充满了蔑视。父亲很无奈，谦卑地解释，平时不是这样的，估计是它不肯向女人下跪。母亲宽容地说，不要紧，它迟早会学会的。在父亲的再三催促下，母亲半推半就地将一只脚踏上了鞍踏，双手笨拙地抓住驼峰，试了几下，终于被父亲托着屁股翻爬到了骆驼的背上，像好不容易登顶一座高峰。在驼背上，她兴奋而慌张，四顾无助，满头汗珠。父亲迅速跟着上了驼背，左手搂着母亲，右手牵着缰绳，然后，从我面前旁若无人地走过。在父母眼里，那一刻我是隐形的，连骆驼都看不下去，它用最低的善意瞧了我一眼，仿佛是向我告别，又仿佛是提醒我什么。我心里咯噔一下，但很快推翻了内心的疑虑：不会那样的，不会，怎么会呢？

骆驼越行越远。等我明白过来时，他们已经消失在了遥远的山坳。我哭喊着要追赶母亲，但外婆像老鹰一样紧紧地抓住我不放。

这是黑暗的一天。到了傍晚，我才挣脱外婆，爬上高高的山眺望蜿蜒外伸的路。路上空无一人。我抬头看天，

遥远的西北角有一块云朵，像骆驼的形状。我死了心，再
也追不上他们了。

此后的十多年，父母音讯全无。在他们离开之后的第
二年，外婆在种土豆的过程中突然倒地去世了，我随二舅
到了省城，后来辗转多个地方。随着岁月的流逝，我对父
母的恨意渐渐减弱，但他们的形象在我的脑海里慢慢褪色
直到模糊。夜深人静之时，有时候我也会想念他们，嘴里
念叨着他们的名字，因为我担心有一天连他们的名字也将
从我的记忆里消失。

十七岁那年，我在省第四中学念书。有一天，我竟然
收到了一封国际航空信，来自索马里柏培拉，是父亲写给
我的信。信封里除了一页信笺，还有一张照片，照片背面
写着"送给儿子留念"，句子的右下角签了母亲的名字和
日期。信中父亲质疑我说，他和母亲给我写过不少信，我
为什么不回复。此事我无法解释，因为我也不知道那些信
为什么没有到达我的手上。这都不重要。我有了自己的生
活，这才是最重要的。母亲的照片引起了我的一些兴趣。
母亲骑着一头银灰色的骆驼走在苍茫的平原上，道路很长，

看不到尽头。背景有些暗淡，但拍照的人给她来了个清晰的特写。她的脸黝黑了许多，但身材依然苗条挺拔，秀发披肩，穿着黑色皮靴，紧身衬衣，跟阳光相比，笑容虽然不够灿烂，但已经是多年未见的甜美了。令我惊喜的是那头骆驼，我认得出来，是到过外婆家的那一头，除了衰老了一些，样子并没有多大的改变。甚至可以这样说，因为那头骆驼，我才敢肯定驼背上的女人是我的母亲。这是母亲留给我的唯一照片。

父亲没有告诉我，那时候，母亲刚刚死难。

我没有给父亲回信询问母亲的情况。我对他们没有恨，只是冷漠和排斥。但是，我的电脑屏幕背景就是一头骆驼行走在无垠的荒凉的草原上，孤独，冷漠，坚决。

母亲是在三年前的春天去世的。父亲在给我舅舅的信中说她死于飓风，后来舅舅也跟我说了。母亲骑着骆驼从乡下放完电影回柏培拉的途中遇到了飓风，骆驼受到了惊吓，她为了救骆驼竟被风卷走，扔到了另一个陌生的地方，摔死了。这是父亲的说法。还有另一种说法，是我无意中从一册旧《地理》杂志上看到的，说她死于流产。旷野无人，血尽而亡。

母亲的固执是有目共睹的，无需父亲强调。但父亲对母亲的死难并没有多少悲伤，也没有丝毫的自责，而且听说很快娶了一个丧偶的印度女人，让我十分失望。也有一种说法是，他和印度女人没有结婚，只是生活在一起。那时候，他在柏培拉开了一家诊所，虽然局势动荡不堪，但他的生意并没受到多少影响，因为每一个索马里人都需要医生和药物。而且，他跟当地的各种势力关系密切，是一个低调务实、不显山露水的厉害角色。

现在他说他快死了。我不知道原因，也许是疾病，也许是出了意外，总之快死了。可是，这个消息只是像一个屁，迅速消散在空气里。

这种漫长的等待犹如绝望的煎熬，我的感受要比他深刻，而且比他早。他直至死亡那一刻也许也等不到他的儿子跟他相见。

但他的话里仿佛提到了骆驼。母亲骑过的那头骆驼依然在柏培拉，只是已经瘦得像一匹马那样大小了。夜深人静时，我突然动了恻隐之心，对骆驼，也对父亲。

下篇

　　午后，张建中总要在躺椅上小憩一会儿。这个时间段他是不看病的，最好没人打扰他。金灿英站在华光中医诊所的门口看大街上三三两两的行人。她本意是阻止有人进来打扰张建中，但她身穿旗袍倚门而立的样子像是在招揽客人。炎热使得每个人都无精打采，即使突然发生枪战，估计也造成不了多大的惊慌，甚至他们都习以为常，懒得躲避。时间在这里过得很慢，把一天消耗掉并不容易。每当张建中从午觉中醒过来，正好是印度电影院开门营业的时间。金灿英回到屋子里，简单收拾一下衣服和头发，从柜子里选一顶小帽子，戴上太阳镜，跟张建中说一声，便朝钻石大街北走，拐过一个街角，到印度电影院看电影，日落时分便回来。几乎每天都是这样，哪怕电影院不营业，她也要去那里溜达溜达，看看有什么新鲜事发生，除非遇到混乱、危险的突发情况，比如政府军警全市搜捕海盗，双方发生混战，这个时候是要躲避的，最好待在诊所。金灿英竟然也习惯甚至喜欢上了这种生活，清心寡欲，内心宁静，没有流言蜚语，明争暗斗，躲在世界的角落里与世无争，地球另一边的人和事不再与自己有关，这样很好。唯一的遗憾是让人变得慵懒、孤独、健忘、不思进取，甚至忘记自己还有一个儿子。

华光诊所在这里存在十多年了吧。柏培拉的市民都知道它，也都认识医生张建中。诊所一直都这样，规模、装饰和摆设都没怎么变过。一间典型的中医药铺，有高高的药柜，长长的木椅，弥漫着五味杂陈的草药气息。在收银台的右侧，有一套简易音响，机子上面压着几张港台金曲的碟片，灰尘压着碟片，碟片下面压着好几封寄往中国却被退回来的信函，白色的航空信封都发黄了，上面还有蟑螂的粪便。张建中医术不错，人缘也好，他的诊所除了三年前被战火烧过一回，很少遇到大的挫折。当然，负责抓药的药师倒是更换了几次，现在的药师是从浙江过来的小伙子。有时候，是张建中亲自抓药。小伙子经常跑码头或机场，去接从国内运过来的中药材。金灿英也略懂药，但她不愿意干这活，她不想让自己沾满了中药的味道。在这里的生活枯燥乏味，甚至无聊到让她窒息。

她跟开便利店的邻居学过一段时间索马里语，还跟邻居学过非洲舞蹈，但很快便厌倦。幸好，印度电影院让她的生活有了亮光。

印度电影院是由印度人开的。听说原先是一家皮革厂，前几年才由印度人改作电影院。电影院在街角处，两层的小楼房，外墙很破旧了，粉刷过的油漆早已经褪尽颜色，甚至零星散布着新旧程度不一样的弹孔。一楼是影院，小银幕永远耷拉着，中间塌陷下来。观众席倒有上百张连体椅子，但断手断脚的，几乎找不到一张完好的椅子，还比不上国内的乡镇电影院。然而，这是柏培拉唯一的一家电影院。经营电影院的是一名印度中年女性，就像印度电影里的那样，身材肥胖，服饰华丽，似乎并不全靠电影院谋生，因为她不经常开门营业，也不太在乎观众的多寡。更让人无奈的是，她只放印度电影。金灿英喜欢看印度电影，因为那些舞蹈让她着迷。在看电影的过程中，她有时候情不自禁地跟着翩翩起舞。因为片源不畅通，电影院放的电影几乎每隔几天便重复，有些电影不知道重复了多少遍，但还是有不少观众，金灿英是其中最忠诚的一个。

　　在观看电影的过程中，金灿英认识了不少当地人。或者换一个说法也行，不少当地人认识了金灿英。因为她穿旗袍，跳印度舞，身材曼妙，东方美人的气质使她鹤立鸡群，独特而漂亮。而且，她是中国医生张建中的夫人，一个神秘的女人。金灿英还和电影院的老板印度女人成了朋友。看过电影后，她们经常到电影院二楼的客厅喝茶。经常不止她们二人，还有来自不同地方的人，主要是观众，还主要是女人。印度女人喜欢喝索马里奶茶。这里的奶茶经过印度人改良后，是另一番风味。但金灿英不喜欢索马里奶茶，也不喜欢印度口味的索马里奶茶。她还是固执地坚持喝中国茶，最好是碧螺春，其次是大红袍。茶叶是她自带的，小坤包里随时都有，但不多，她很少跟别人分享，就像不跟别人分享她的旗袍。印度女人的索马里语和英语都比金灿英说得好，又是主人，通常都是她在滔滔不绝地说话，谈笑风生，海阔天空，气场很强。除了谈论日益猖狂的海盗，便主要是说印度的事情了。在印度人的眼里，印度是全世界最有趣最神奇的地方，怎么说也说不完。她当然也会跳印度舞，经常是一时兴起便站起来跳一会儿，大家给她打拍子。有时候，她会邀请金灿英一起跳。金灿英也不谦让，但她的颈椎病给她的表演带来了很大的制约，舒展不开，尽管引来了阵阵掌声，她还是对自己不满意，跳完后不断地向印度女人和赞美她的旁人表达歉意。印度女人很喜欢金灿英，有时候还邀她一边喝茶一边听印度音乐。这种雅兴时刻伴着危险，如果对生命的体悟不到豁达之地步，请不要出门，尤其不要到电影院来。有一次，她们在二楼喝茶听音乐的时候，突然有人朝她们射击。子弹穿过玻璃窗直奔金灿英而去……印度女人下意识地按下金灿英，子弹掠过金灿英的头发，打中身后木柜上烧茶的铁壶，发出一声咣当响。铁壶没有被击穿，子弹嵌了进去。大家惊魂未定，印度女人却站起来跳舞。金灿英吓出了一身冷汗，但她装作若无其事的样子，面带微笑给印度女人伴起舞来。气氛很快恢复到了流弹进来前的样子。

索马里部族混战已经不止一两年了，长期如此，政府对局势几乎已经失控。在柏培拉，人们对打家劫舍的事情习以为常了，不值得大惊小怪。流弹是日常生活的一部分，说不定什么时候穿过你正在端起的饭碗。尤其是近年来亚

丁湾海盗频繁出没，引起了国际社会的高度关注，经常有
美国、英国、法国大兵来到柏培拉，他们是从亚丁湾上岸
的，不一定是为了搜捕海盗，很可能是为了喝酒，或喝碗
奶茶。有时候，金灿英也能见到中国士兵，她很兴奋地跟
他们打招呼。中国士兵比较害羞、拘谨，不愿意跟她多聊。
他们喜欢到中国餐馆把自己藏起来。还有时候，大批印度
士兵涌进印度电影院，那是印度电影院的节日。印度女人
很兴奋，得意，免费给他们喝羊奶或奶茶，有时候她邀请
金灿英一起给印度士兵跳舞助兴。印度士兵很喜欢中国女
人跳的印度舞蹈。金灿英的虚荣心得到了最大的满足，有
请必到，直到看到了印度士兵脸上无法隐藏的猥琐和轻佻
才拒绝了印度女人的邀请，理由是颈椎病发作了。然而，
印度女人懂得一些医术，用印度的古老手法替金灿英治疗
颈椎，竟然收到了立竿见影的效果。张建中警告金灿英，
印度的医术不是医术，是巫术，不可靠，只是表面上暂时
舒缓了你的病情，像是打封闭针，而且会加重病情，更可
怕的是，长期接受印度医术的治疗后对中医会排斥……金
灿英不相信张建中的话，但她也不经常让印度女人替她治

疗，因为她发现印度女人并非她想象中那样善良和正直。有时候印度女人会利用印度巫术给当地人催眠，让他们做一些奇怪的梦，并自愿把裤兜里的钱全部掏出来给她。当然，事后她会把钱还回去。钱失而复得，索马里人对她感恩戴德，经常送她一些小物件，比如本地的香料、玛瑙、银头饰、亚丁湾的贝壳，甚至小块象牙。有时候，她不准索马里的孩子免费进电影院，哪怕他们符合身高 1.2 米以下免费的条件，理由是电影院坐不下那么多人。她也不愿意更多的索马里人进去，因为索马里人经常在电影院里闹事，打架，贩卖毒品，策划打家劫舍。有些道貌岸然的观众实际上是无恶不作的海盗。不说嗅觉灵敏的印度女人，连金灿英也能闻到他们身上的海腥味和血腥味。但印度女人不愿关闭电影院。金灿英隐隐约约觉得印度女人在背后做一些危险的事情。

有一天，印度电影院又迎来了一批印度人，包括一些印度士兵。金灿英坐在电影院里，夹在他们中间。这是一部印度的老电影，黑白电影，不是歌舞片，也不是神话片，而是一部战争片，讲的是中印边境冲突。印度军队同仇敌忾，士气高昂，作战英勇，而中国士兵猥琐残暴，胆怯狡诈，在印度军人面前不堪一击，被打得满地找牙，狼狈逃窜。印度人看得哈哈大笑，发出阵阵叫好声。金灿英如坐针毡，电影还没结束便离场，跑到后台质问印度女人为什么放这种电影。印度女人说，他们喜欢看，愿意掏钱买票。印度女人劝慰金灿英不要太较真，电影只是电影。但金灿英不高兴，要求印度女人终止放这个影片，今后也不要放，凡有损中国人形象的电影都不要放。印度女人断然拒绝了她的要求：这是印度电影院，不是中国电影院！放什么电影由我说了算。两人不欢而散。

自从来到柏培拉，那么多年了，金灿英从不向张建中提过要求。这次，她从印度电影院气急败坏地回来，一进门便恳求张建中：我们盘下印度电影院吧。

张建中不置可否，端坐在诊所一角假寐。电影院有什么好呀，局势乱哄哄的，没几个人真正看电影，赚不了钱，况且，印度女人怎么可能把电影院拱手相让呢？金灿英心里明白，张建中怎么可能同意她的恳求呢？她只是嘴上说说而已。早有人告诉她，在她来到柏培拉之前，印度女人曾经和张建中暗中过往亲密，经常到诊所上来，名义上是跟张建中学习针灸，实际上没那么简单。那人还说，傍晚时分，透过诊所半虚掩的门能看到印度女人在张建中面前表演印度舞。更让人吃惊的是，印度电影院是张建中资助印度女人开办的。金灿英仿佛一下子明白了很多事情，比如印度女人对她的热情，看她的眼神，称她为"妹妹"，口里对她的赞美，还有张建中对她去印度电影院的赞许态度……柏培拉不大，但蕴藏着无数的谜。世界上没有绝对的净土，每一颗尘埃都有可能背叛。她没有跟张建中求证他跟印度女人的关系，因为根本就不可能得到准确的答案。似乎，她也不需要答案。因为张建中也放弃了对她的追问，她懂得了投桃报李，跟往事和解。似乎是，他们遗忘了世界，也被世界遗忘。金灿英跟印度女人过往如此密切，不是为了监视她，警醒她，阻隔她与张建中的来往，而是因为金灿英需要电影。如果没有了电影，她甚至会将自己遗忘。

还有一件让金灿英不惊也不喜的事情是，她怀孕了。她甚至记不起上一次过性生活是什么时候，张建中很少跟她睡在一起，都是各睡各的房间，像两个国家互相尊重互不侵犯。她准备生下这个孩子。

大概到了秋天。有一天，印度电影院突然被军警接管了，印度女人被抓了起来，听说是因为电影院里私藏海盗，印度女人与海盗勾结，替海盗销赃。金灿英很害怕，生怕牵扯到自己，虽然她没有为印度女人做过坏事。张建中告诉她，清者自清，不必害怕、担心。"清者自清"是金灿英喜欢用的词，特别是跟张建中为往事、为真相争吵的时候，而这个词能从张建中口里说出来让金灿英感到十分意外，但是也可能是在为他自己辩护。

印度电影院被查封，柏培拉没有了电影。金灿英觉得有些可惜，也很失落，内心一下子空了许多，日子与日子之间仿佛隔着撒哈拉沙漠。

张建中看得出来，金灿英快成为行尸走肉了。但他也看出来了，金灿英的肚子开始鼓起来。他心里暗喜，只是不露声色。他的脸色永远是阴冷的，沉静得像一只蝙蝠。

大约过了一个月，印度女人突然出现在诊所门口。金灿英惊讶地说，放出来了啊？

印度女人回答说，前几天出来了，我是来感谢张医生的，是他把自由还给了我。

张建中坐在诊所里，正在给病人做针灸。印度女人看不见他，越过金灿英往诊所里前进了两三步。张建中在里面说了一声："不用谢，我忙。"

印度女人犹豫了一下，退了出去，突然又转身对张建中说，我丈夫委托我转达他对你的谢意。

等不到张建中的回答，印度女人匆匆离开了。金灿英一时弄不清楚是什么状况。生活虽然平淡，却处处充满了谜团。

第二天，张建中把几把钥匙交到金灿英的手里。

"这是电影院的钥匙。从此以后，印度电影院是你的了。"张建中淡淡地说。

金灿英半信半疑。然而，钥匙果然能打开电影院的大门，而且电影院已经重新装修了一番，换了新的椅子，连银幕都换了新的。两名索马里员工和一名印度男人热情地称她为老板娘。两名索马里员工负责票务和电影院维护，印度男人是放映员，是印度电影院的老员工。

金灿英惊喜交加，决心好好经营电影院。

电影院被金灿英更名为中国电影院。她搜罗了一批中国电影，不管有没有观众，她都坚持上映中国电影。先是香港的武打片、赌博片，后来是内地的经典电影，除了吸引一些华人观众外，当地人也慢慢喜欢上了中国电影。金灿英终于找到了自己喜欢的事情，整天泡在电影院里，比印度女人还勤奋，她的朋友也越来越多。中国茶取代索马里奶茶成为电影院的新宠。关键是，她在电影院里感觉跟在国内一样，她是电影院最忠实的观众。哪怕没有一个人买票进来，她也让放映员放电影给她看。一个人也看得津津有味。然而，电影院的经营依然没有超越印度女人，依然是入不敷出。金灿英跟着印度放映员学习、琢磨怎么操作和维修放映机，然后把印度放映员解雇了，她自己放电影，省发一个人的工资。这样电影院能勉强维持下去。

电影院并非风平浪静。虽然金灿英在电影院门外张贴了多次告示，不欢迎犯罪分子，不欢迎在电影院闹事的人，不准在电影院从事非法活动……张建中还经常请警察巡逻电影院，甚至请警察局长亲自到电影院里坐坐，尽管这个警察头子根本不喜欢看电影。电影院的治安环境很快有了改善,但海盗还是经常到电影院来借看电影之机碰头议事。金灿英有时候分不清他们是不是海盗,但两名索马里员工一眼便看得出来。而且海盗越来越猖獗。有一天午后,售票的索马里员工不愿意卖票给海盗,竟然被海盗开枪打了一枪裤裆。海盗在众目睽睽之下逃之夭夭。警察局长对海盗也没有办法。警察查不到他们,也不打算抓他们。金灿英害怕海盗,憎恨海盗。张建中告诉她,在这里,海盗像你的颈椎病一样根治不了。

金灿英放下身段,走过三条大街,登门向印度女人求教。这是她第一次登门拜访印度女人,尽管印度女人邀请过她很多次。印度女人住在一间皮货公司的楼上,奇怪的是,她有一个丈夫,只是金灿英从没见过。印度女人的丈夫是一个老实的印度人,看上去年龄比较大,身材高而瘦,衣着还算得体。印度女人告诉金灿英,电影院一直是海盗聚集的地方,我们都改变不了。

"我是来寻找解决办法的。"金灿英说。实际上,不单单如此,她还想看看印度女人到底是一个什么样的女人。

"要么放弃电影院,要么学会与他们和平共处。"印度女人说。

金灿英觉得这是最好的答案，但她不打算往深处谈。她只想像过去那样，跟印度女人聊聊电影。然而，印度女人并不打算跟她聊电影，似乎她对电影一下子没有了兴趣。

"我告诉你吧，电影也不全是好的，有些人本来是好人，是看了电影后才去当海盗、干坏事的。"印度女人说。

金灿英不同意印度女人的说法，跟她争辩起来。印度女人坚持自己的观点。金灿英心里有气，颈椎病突然犯了，无名火瞬间被点燃，对着印度女人怒吼："那是因为看了你们印度电影，中国电影是劝人向善的。"

印度女人善意地哈哈大笑，无意再跟金灿英争论下去。她的丈夫却对金灿英流露出鄙夷和恶意的神情。

"是张建中夺走了印度电影院，还让我们对他感恩戴德。你们中国人果然像电影中那样，最擅长阴谋诡计！"印度男人的语气中带着愤恨。

关于电影院易手的事情，金灿英心里有疑问，现在已经得到了答案。印度男人的话，她信。

"他应该给了你们美钞和金子。"金灿英说。

印度男人的语气突然软弱下来，说："金钱算得了什么，我们要电影。印度人要看印度电影。"

"中国人也要看中国电影。"金灿英说。

气氛一下子陷入了尴尬的沉默。

金灿英要起身离开的时候，印度男人问金灿英："你爱张建中吗？"

金灿英由于过于惊诧，身子又落到了座位上。印度女人的丈夫盯着她的眼睛，很认真地寻求答案。金灿英稳定了一下情绪，心里想，这个问题如果必须追问，也应该是由印度女人来问呀。印度女人若无其事地搬弄着桌子上杂乱的东西，桌底下原来还有一只肥胖而慵懒的波斯猫。

"很爱。"金灿英坚定地说。

"他也爱你吗？"印度男人不怀好意地问。

金灿英直了直腰回答："当然。"

印度男人叹息一声。印度女人对金灿英露出满是歉意的脸色。此时金灿英发现，印度女人其实并不难看，印度女人胸脯的丰满程度让金灿英自愧弗如，而且完全没有了电影院老板的踌躇满志和飞扬神采，反倒显得温柔、谦卑而贤惠。

"有空请回电影院喝茶……"金灿英真诚地对印度女人说。

印度女人说好。

令金灿英意外的是,第二天,印度男人在前往码头准备回印度的途中被人乱枪打死。劫匪在光天化日之下抢夺他身上的美钞和金子,他反抗了。这在柏培拉是司空见惯的事情,人们只是一声叹息。

金灿英要跟张建中讨论印度男人遇难的事情,张建中没有兴趣,但他提醒金灿英:不要在电影院反复放陆姓导演的电影。金灿英说,他的电影充满善意,有真正的爱情,适合他们观看。张建中不再说话,只是把砸药的铜锤狠狠地砸在铜盅上。铜盅发出咣当声,像受到了惊吓,恨不得夺门而出,远遁而去。

他们心里的芥蒂像沙漠里的昆虫,把各自搞得痒痒的。然而,或许这也是将他们联系在一起的纽带。

有一天,一个陌生的索马里人骑着一头骆驼来到电影院前，要见金灿英。

索马里员工进去悄悄地告诉金灿英，外头骑骆驼的男人不是柏培拉人，是从乡下来的，是一个海盗头目，我们认识他，他杀过人，脾气不好，你得小心点。

金灿英见到了骑着银灰色骆驼的男人。一个年轻的黑壮汉子，脸是僵的，胡子拉碴，明显的特征是少了左耳。胯上挂着枪。就他一个人。

柏培拉见不到骆驼。金灿英到索马里三四年了，从没见过骆驼。骆驼的出现让她想起了张建中骑着骆驼在家乡出现的情景，让她惊喜，让她感动，心里一下子原谅了他。

黑壮男人从骆驼上跳下来，走过去对金灿英说："我们谈一笔交易吧。"

金灿英双手叉着腰，逆着阳光看着黑壮男人。

黑壮男人说："你到我们的部落里放一场电影，我送你一头骆驼……你不能拒绝我！"

金灿英瞧了瞧骆驼，眼前一亮，这不是张建中骑到乡下接她离开的那头骆驼吗？她感到十分亲切，很是喜欢。它似乎认出她来，对她伸出了鼻子，亲热地嗅她的手。

"我们部落里的人一辈子从没看过电影。他们也应该看看电影了。"黑壮男人说。

金灿英还在犹豫，因为她从没有离开过电影院到乡下去放电影。但对她来说，放一场露天电影在技术上没有任何难度。

黑壮男人担心金灿英不答应，指着骆驼说："这是我们部落最健壮的一头骆驼，平时只有酋长才能骑它。"

两个索马里员工用眼神示意金灿英不要答应这笔交易，太危险了。

但金灿英答应了。

黑壮男人兴奋地笑了笑，露出洁白的牙齿，对金灿英竖起大拇指，并留下了一张写着地址的纸条，他骑上骆驼走了几步后回头叮嘱金灿英："必须是中国电影。"

看着骆驼远去，金灿英对索马里员工说，我们要用电影改变他们，让他们变成好人。

张建中知道此事后，发出一阵冷笑。

"就为了一头骆驼？"

"不，是为了善。"金灿英说。

张建中警告金灿英，出了柏培拉，他无法保证她的安全，谁也保证不了。金灿英说她会安全回来。张建中还是想阻止金灿英的疯狂举动，但金灿英很固执："你的阻止没有意义。"

第二天，金灿英租了一辆小型卡车，带着两个索马里人，前往一百八十公里外的山区部落。卡车上有放映机，有发电机，有中国电影。金灿英跟两个索马里人坐在拖卡上，用头巾蒙住了脸和头。风很大，车扬起的尘土将柏培拉遮住了，前面是人烟稀少的荒原，看不到亚丁湾。

第三天，柏培拉的黄昏，一个穿着红色裙子、长发及肩、戴着硕大无比的银耳环、腆着肚皮的中国女人骑着一头高大健壮的骆驼孤独行走在寂静辽阔的荒原小路上。一个叫罗伯特的比利时摄影师刚好出现在她的身边，给她拍下了十多张各种角度的照片。其中的一张，半年后登上了《地理》杂志。这是一张多么漂亮迷人的照片啊。但是，照片下面的那行文字令人伤感：二〇〇〇年十月，这个骑着骆驼给索马里三十七个部落放映过电影的中国女人三个月后在从乡下回家的路上死于流产，那天她怀孕刚好满八个月。

还有一张照片，寄回了中国。

我的父亲名叫张建中，母亲叫金灿英。

篇外

我和舅舅来到了柏培拉。此时，那个自称是我父亲的人已经去世了。这让我们十分意外。四天前父亲已经换了一个地方等我们。他躺在柏培拉医院的冰柜里。我们相见了，只是彼此没有说话，但那一刻，我觉得他并不陌生，反而显得很亲切，就像当年他骑着骆驼突然出现在我眼前一样，他不知道我内心多么惊喜、兴奋。现在，我们告别了，他应该骑着骆驼离开这个世界，我看着他的背影慢慢消失。然而他死得很平庸，也注定以平庸的方式离开。但我会怀念他的。

我首先找到了那头骆驼。它就跪在诊所门外的一棵柏树下，它仿佛认出我来了，艰难地站了起来。它真的瘦得只剩下一副骨架了，毛很长，肚子瘪得像泄完了气的球，驼峰都蔫了下来，眼睛没有一点神采，上百成千只的苍蝇正在蚕食着它。

它主动向我伸出鼻子，鼻子是干涸的。我抚摸了一下它的头。它的眼睛竟然流泪了。

诊所旁边的铺主是索马里人，他对我说，自从女主人死后，它就病了，不肯吃东西，一心要随女主人去天堂，连张医生也没办法。

舅舅是一名兽医，一眼就看出骆驼患了什么病。他从诊所的药柜里抓了一副药，让我赶紧煎给它喝下去。

街坊对骆驼愿意服药十分吃惊。

"张医生给它喂药，它绝不肯开口。它宁愿死。"

我给它喂饲料，它闻了一下竟大口大口地啃食起来。我请了几个工人首先修缮了电影院后院，把骆驼安置到它原来居住的地方，是一个有天井的露天房子，重新搭盖了遮阳的草棚。

父亲的后事办完，骆驼的病竟然好了，眼神有了光彩。街坊教会我如何照顾骆驼。

"它是非洲骆驼，不是中国骆驼。"他们提醒我，"不要对它冷漠，要像你妈妈那样爱它。"

　　当然，我喜欢它。他们告诉我母亲是怎么爱它、照顾它的。

　　"本来飓风是要骆驼的命的，但是你母亲拼命保护骆驼，激怒了飓风，她才被卷走的。"他们说。

　　骆驼似乎也认同了这个说法，所以它见到我之后一直很伤心和内疚。我对它的照顾无微不至。一个月后，它恢复了健壮的身躯，跟我也亲密无间。在这里，我听到了许多关于母亲的故事，她的故事要比父亲的更多。而且，这里的人更愿意谈论母亲，赞美母亲。他们在我面前每赞美一次母亲，我心里的懊悔和悲伤就溢满一次，证明我以前对她的恨是不存在的。

　　电影院也重新修缮好了。我跟舅舅商量好了，我留下来经营电影院，他负责经营诊所，把诊所改为兽医馆。

　　我继承了母亲的事业，骑着骆驼走进那些偏僻的部落，放中国电影，从索马里人纯朴的笑声和眼泪中我得到了快乐。走在无垠的荒野上，我体会到了母亲的孤独。据两名索马里员工说，为了阻止母亲离开柏培拉，父亲跟她吵了很多次架，有一次甚至举起枪要对骆驼开枪，母亲用身体堵住了他的枪口。父亲无力阻止母亲，经常为此担心和懊恼。母亲经常骑着骆驼走上三天三夜，把电影送到了遥远的部落。她的美貌和美德，使她在部落中享有崇高的威望。但途中经常险象环生，强盗、劫匪，还有疾病、饥渴，她好几次差点命丧荒野。有一次，母亲他们遇到了一伙劫匪，抢走了食物，还要抢走骆驼，甚至要杀了他们。但当看到他们的电影胶片，那伙劫匪们竟然放过了他们，把食物和水还给了他们。母亲像骆驼一样勇敢和倔强，索马里员工称她为母骆驼。

"在索马里，这是对一个女人最高的赞美。"他们说。

母亲殉难后几年，海盗越来越少。亚丁湾恢复了和平，柏培拉的治安也逐步好转。中国电影院每天都坐满了观众，再也没有发生过混乱。我相信这是电影的力量，是母亲的功劳。

我雇请印度女人回到电影院工作，让她当经理。在电影院，除了只放中国电影的规矩不许违反之外，她拥有其他所有权力。她老了。她对电影院忠心耿耿，兢兢业业。

她喜欢上了中国茶，还经常在我的面前真诚地赞美我的母亲。是的，因为电影，母亲在索马里的知名度很高。印度女人把那些有母亲消息的旧报纸翻给我看，我注意到了，她的自豪感和对母亲的爱戴之情在她的脸上互相挤压，似乎担心我不相信。

我在柏培拉找到了爱情。我和印度女人的外侄女相爱了。她是一名妇科医生，曾经是联合国援非医疗队的成员。我们一起骑着骆驼走在无垠的荒野，去往未知的部落，将电影送到人间深处。同时，顺便给当地缺医少药的妇人看病，她们从她的身上看到了我母亲的影子，也称她为母骆驼。

我们的婚礼是在一个偏远的部落里举办的。部落很穷，但他们从其他部落借来了上百头骆驼，披红挂彩，浩浩荡荡，为我们庆祝。在健壮俊美的骆驼中间，隐隐约约间我看到了母亲。她盛装而来，还是那么时尚，那么漂亮。是妻子最先发现了她，她们长时间默默对视。

妻子只是好奇，她似乎没有认出母亲来，直到我惊喜地叫了一声：妈！

○卢旺达女诗人

　　那天下午我刚给脑病患者做完一床手术，到医院走廊外透透风，忙了三个多小时，这才休息一下。我的女助手体贴地递给我一杯黑咖啡。我惊讶地问，怎么那么黑？平时她都给我做奶白色的卡布奇诺，但今天她似乎故意给我换一种口味。助手说，还有更黑的在等着你。

　　什么意思？我莫名其妙。这么多年，我只喝卡布奇诺的。

　　女助手遥指走廊另一头的候医区，面带不易觉察的嘲讽，神秘地道："有一个故人在等你。"

　　女助手话音刚落，一个高大的黑影从走廊的另一头走过来，像一头直立行走的熊，几乎遮挡或吸走了走廊的所有光线。我的眼前一片黑。有一股似曾相识的气味，或者风，扑面而来。我揉了揉眼睛，黑影已经走到我的跟前，发出一阵能惊醒被深度麻醉病人的笑声，并张开粗长的双手作拥抱状。

"亲爱的老宋！终于见到你了！"热烈而亲切，只是吐词带有明显的老外腔。

一堵巨大的胸脯向我扑过来，我来不及反应，她已经将我抱紧。但我很快明白过来了，因为我熟悉这样的拥抱，而且我曾经很享受她饱满胸脯的猛烈撞击。只是在我的单位，众目睽睽之下，我很尴尬。在女助手的帮助下，好一会儿我才挣脱她。

玛尼娜。是的，是她。

玛尼娜撒娇地推了我一把，嗔怒道："我来中国了。你竟然不接我的电话！我只能到这里找你了。"

做手术的时候我是不能接电话的，而且我的手机在女助手那里。

"是你接的电话？并告诉我老宋在这里。"玛尼娜转身看着女助手问。

女助手对我点了点头。同事们看到一个女黑人站在我的面前，纷纷给我竖起大拇指。我明白她们的意思。我向她们解释说，一个非洲朋友，援非的时候认识的。玛尼娜毫不见外，不断热情地向她们招手说：嗨。玛尼娜穿紧身牛仔裤，宽大、低胸白色 T 恤，爆炸式的黑发，戴着跟手镯一样大的银色耳环。除了牙齿，脸黑油油得像涂了一层沥青，而丰满夸张的胸脯惊呆了我的同事们，简直像有座小山峰，哪怕她轻轻喘气它们也在抖动，仿佛随时要挣脱逃离她的身体。在非洲的时候，我们的队友都把玛尼娜的双乳称为"乞力马扎罗"。她的身材不算肥胖，腰不粗，脸不阔，脖子细长，只是屁股因为过于饱满而往后翘了起来。在卢旺达，她称得上美女。

越来越多的同事从科室里涌出来，假装从我们身边路过，乘机打量玛尼娜，然后深吸一口气，没有跟我们纠缠，给我抛下一个个意味深长的眼神后匆匆离开。快到下班时间了，我赶紧带着玛尼娜逃离我的医院，把她塞进我的车，到中山路一个偏僻的小餐厅坐下来。

玛尼娜是昨天刚到南宁的，将在广西医科大学学习一年中医。四年前从非洲回来后，我将手机号码换了，她一直联系不上我。昨天她通过学校校友会找到了我的新手机号码。

"你过得还好吗？"玛尼娜一脸正经地问我，她不笑的时候蛮严肃的，仿佛担心我过得不快乐，她见不得朋友郁闷的样子。

我说："还行。整天忙碌，既累又愉快。没有什么。"

"如果在这里过得不开心，我带你回非洲去。"玛尼娜认真地盯着我，希望我说话还像过去那样诚实。

我说我的工作、生活还不错，很舒适，而且我当上了科室副主任，有科研项目，配备了助手，还带研究生，是学科带头人，每年有论文在核心期刊发表，是医院里的明星医生，跟四年前相比，大不一样……

"你的妻子呢，还爱你吗？还争吵吗？"玛尼娜打断我的话，"我说的是爱情，没有爱情你怎么活下去？"

我说，现在我的家庭很和睦，很安定团结，去年，我换了新房子，大平层，装修全是妻子操办的，她还特意买了全套非洲原木进口的紫檀红木家具，女儿的玩具都是非洲的动物，我们一家三口计划好了，明年去非洲旅游……

玛尼娜无法掩饰她的沮丧情绪，她的脸一下子变得更黑：“还有吗？”

“现在我很好，很开心。”我笑道。

“你不要骗我，你根本不像你说的那样开心，至少没有在卢旺达时那样开心。但中国实在太好了，你怎么可能因为不开心而离开？”玛尼娜紧张的表情松弛下来，举起一杯啤酒一饮而尽，身体往椅子后狠狠一靠，她用狐疑而垂怜的眼光看着我。

玛尼娜是卢旺达一个胡图族酋长的女儿，毕业于基加利一所医学院。四年前，我作为援非的医生被联合国卫生组织安排在卢旺达工作。玛尼娜是护士，虽然比我小五岁，但怎么看也像是我的姐姐。玛尼娜第一次见到我时，竟然瞧不起我：“中国怎么派一个乳臭未干的医生来卢旺达？”她警告我：“不要被血淋淋的尸体吓尿了！”那时候，卢旺达战火纷飞，传染病流行，病死的人随处可见，医护人员根本就不够用。我驾驭手术刀的水平很快让玛尼娜刮目相看。

“你的刀法比我们部落里最厉害的刀手还牛！”玛尼娜心悦诚服地说，“但是，在卢旺达，仅靠技术还不够。”

我不满她假装高深,故作傲慢地问她:"还需要什么?"

"爱。"玛尼娜说。

作为医生,我心底里从来都充满了爱。如果心里没有爱,我会主动请缨到非洲来?

我鄙视地瞧了她一眼,转身而去。她却一把抓住我说:"我从你的眼神里看不到爱。"

我说:"我的爱能滋润整个非洲大陆。你信不信?"

她笑了:"我信。但我说的是爱情。你心里只有爱,但没有爱情。"

我立刻要奋力反驳,却一时无言以对。

"在中国,没有爱情也可以活得很好,但在卢旺达,没有爱情无法活下去。"玛尼娜冷眼看我,算是警告。

我们的医疗队无法在固定的地方安营扎寨地工作,像赤脚医生,像流动诊所,甚至像游医一样,经常穿过密林、河流、沼泽、荒山和部落的村子,有时还要夜行于漆黑的人迹罕至的荒野,不时陷入险境。我们不分昼夜,抢救病人,治疗伤者,消毒防疫,累趴是常有的事情。比较艰险的地方我们年轻人主动请缨去,让老同志多休息。玛尼娜身体健壮，特别能吃苦耐劳，做事情干脆利落，又认真细致，还能虚心接受批评甚至责骂而且过后不要求我们道歉，我们医生都十分喜欢这样的护士。她是本地人，一般的麻烦事她都能解决。这样，我们更离不开她。她有语言天赋，不仅掌握英语、法语和斯瓦希里语，还跟中国医生学会了汉语，能用简单的汉语写护士日志。她还擅长跳舞，晚上休闲时分，围着火堆，烤着鲈鱼，她总是自告奋勇为我们表演热情奔放的非洲舞蹈，尽情展现她的丰乳肥臀，引起一阵阵开怀大笑。我真的喜欢她的性格，纯真，爽快，敢爱敢恨，洋溢着淳朴的野性。我和玛尼娜待一起的时间最长，配合也十分默契。有一次，她听见我在电话里跟老婆吵架，第二天我的情绪低落，工作状态很差，在手术过程中差点酿成大错。从此，玛尼娜对我的态度不再像战友、同事，而是变得既害羞又亲昵，对我嘘寒问暖，关照得无微不至。原先一个喜欢她并追求她的法国黑人医生亨利见状只好放弃，转而向我表达祝福之意。可是，亨利多疑了。我和玛尼娜没有发展到那种关系，而且，我和老婆争吵并非是因为感情破裂到无可挽回的地步，她只是反对我远赴非洲，把三岁的女儿和体弱多病的两位老人扔给她。

"你是我见过的最害羞的男人。"玛尼娜半认真半开玩笑对我说，"但你的害羞打动了我。看到女人跟害羞的男人吵架，我心里不痛快。她不应该隔着千山万水跟你吵架。"

我不希望玛尼娜干预我们夫妻之间的事情，瞪了她一眼，支使她去把医疗垃圾扔到该扔的地方。

玛尼娜嘴里不停地唠叨着，好像受了天大的委屈。

"你会爱上玛尼娜的。"亨利是一个年纪比我还小一岁的传染病医生，比我高一大截，黄色的胡子比我的头发还长，比我帅气。

我回答他："不会的，我和玛尼娜只是兄弟，最多算是兄妹。"

亨利老谋深算地笑道："等着瞧吧。"

我对亨利的话不以为然，直到我和玛尼娜一起经历过生死。

在那次震惊国际社会的卢旺达大屠杀中，数以千计的图西人和胡图人的尸体被扔入河中，随水流冲进卡盖拉河，使乌干达爆发严重的疫病灾情。那年夏天，我们医疗队分批横渡卡盖拉河，从东岸到西岸。因为一时找不到像样的船，我们只好求助于当地居民。我和玛尼娜最后一批过河，船上只有我和她，还有一个老船夫。船到河中间，被一具急流中的尸体撞击了，玛尼娜受到了惊吓，身子本能地往后仰翻，船失去平衡，船夫措手不及，没撑控好船，船竟然翻了个底朝天，把我们抛到河里。我的水性不好，玛尼娜比我更糟。我们在河里扑腾，本能地抓住对方，又因为不想累及对方而松手，看到对方快要沉下去了，拼命伸手去捞对方……我以为我必死无疑。说实话，那时候，因为跟妻子经常在电话里为离婚争吵，我的心情很糟糕，对生死已经漠然，那一刻，我做了殉难的准备。唯一的遗憾是，我无法拯救近在咫尺的玛尼娜。我看着她沉没，然后我也沉入了河底……

当我睁开眼睛，看到玛尼娜坐在我的床前，我以为是做了一场梦。

"老宋，我们去了一趟天国又回来了。"玛尼娜喜极而泣，抱着我说。

我们被老船夫和当地人合力救了起来。后来玛尼娜告诉我她当时为什么受到了惊吓："那具尸体的脸像极了我父亲。他突然张开眼睛看着我……"

在去年的大屠杀中，她的父亲和族人共一百多人在与图西族的冲突中殉难。

死里逃生后，我和玛尼娜的关系迅速升温。她跟我讲述胡图人和图西人互相之间的仇恨，以及她所在部落的往事。她的父亲是英雄，曾经带领族人躲过一次又一次的灾难，但终没有逃过种族屠杀。有时候，她说到伤心处，抱着我号啕大哭。在工作和生活中，除了睡觉，我们几乎形影不离。同事们都看得出来，经常善意地拿我们开涮，亨利对我更是一副"幸灾乐祸"的样子，我无所谓。因为我和玛尼娜只是保持着兄妹一般的情谊，甚至比兄妹更亲昵，但从没有越过雷池半步。她经常撒娇似的趴到我的背上，说是锻炼我瘦小薄弱的身体，增加抗压能力。我多少次被她压垮，直到后来我能背着她健步如飞。有一次，在卡永扎，那个像中国一个小集镇差不多大的"城市"，我背着玛尼娜穿过那条杂乱喧嚣的主街道，引起当地人的热烈欢呼、尖叫,他们几乎是列队围观我们通过。玛尼娜像公主一样享受市民们的仰慕,队长表扬我为中国医生赢得了卢旺达群众的好感。我只是觉得我比以前强壮有力多了。

玛尼娜保护过我。也是在卡永扎,医疗队奉命在此驻扎一个星期,给当地居民医疗援助。有一天晚上,我约玛尼娜去看电影。电影院很小,设施破旧,椅子差不多全是断手断脚的。这是我到非洲一年多后第一次看电影,是一部法国新电影。电影开始后,观众才陆续进来,越来越多,把电影院挤满了,乱哄哄的,烟臭汗臭很快把我和玛尼娜呛得直咳。电影过了一半的时候,前面观众席上突然响起一声枪响。原来是一个黑人站起来对着前排的一个黑人的头开了一枪,然后举枪嗷嗷大叫,随时可能对着谁再开第二枪。还有人点燃了火把扔到观众中间。电影院马上乱成一锅粥,观众哭喊着夺路而逃。昏暗的光不足以让人辨别方向,我往外跑的时候被人推倒在地,一阵乱脚踩踏过我的身体,我喘不过气,更无法爬起来,头脑里一片空白。玛尼娜像一头发怒的河马一样凶悍,回头用身体撞开试图踩踏我的人,并用身体拼命挡住慌乱的人群,让我有足够的时间站起来，然后将我一把扔到她的背上，用身体撞开一条通道，带我逃出了正在冒烟的电影院。

尽管玛尼娜多次找机会大胆地向我表达感情，甚至主动地试图越过正常关系，但都被我拒绝了。最后一次她要跟我接吻，我粗鲁地推开了她。我告诉她，我不是不喜欢她，也不是怕她缠上我，而是我不能背叛我的妻子。为此，玛尼娜很失落，也很生气，有一段时间，她跟我赌气，调到另一个分队去，但很快便申请调了回来。然而，我们劝她不要回来，因为我们这次是到图西人的地盘开展医疗救助。玛尼娜犹豫了一会儿，还是决定跟我们走。我们都以为玛尼娜对仇敌图西人恨之入骨，工作中会有抵触情绪，甚至有过激行为。但接下来的一个多月里，她像往常一样兢兢业业，一丝不苟，令我们暗中不断赞叹。尤其是在一次抢救一个病得奄奄一息的图西族男孩时，她自始至终守在病床前，给小男孩喂药，给他擦拭身子，照顾得无微不至。那男孩康复后，无意中看到玛尼娜臂膀上胡图人的标志时，不知道从哪来的仇恨和愤怒，突然抄起一块砖头向玛尼娜狠狠地砸过去，正好砸在有胡图人标志的臂膀上。

玛尼娜躲闪不及，发出一声惨叫。我和亨利好不容易才将男孩制服。我以为玛尼娜会生气，但她只是躲在墙角抽泣了一会儿，擦干泪水重新回到岗位。

我问玛尼娜为什么不生气。

"现在我心里只有爱，没有恨。"她很认真地对我说，"因为心里有你，再也装不下其他任何东西了。"

我在心里默默地赞美玛尼娜："好妹子！"

四年前的分别让我难忘，更让我悲伤。在阿卡尼亚鲁河的一个不知名的小镇上，医疗队的伙伴们给我举办了一个送别晚会。我到点了，要回国了，第二天便要离开。就几个人，在一间小院子里，一棵古老的橄榄树下，围在一起，泡咖啡。月色朦胧，灯火幽暗，远处传来鸟兽的叫喊，大地安静而寂寥。前几天，亨利在一次翻车事故中受了重伤，被送回法国，大家士气低落。队内的同事们也想家了，气氛有点伤感，也有点冷清。只有刚来报到替换亨利的比利时医生彼得弹奏他的吉他，我们每个人都必须唱一首歌，但玛尼娜可以例外。玛尼娜有一副好歌喉，父亲遇难后她再也不唱歌。那天晚上，玛尼娜一直坐在我的身边，出奇地安静，无论大伙怎么鼓动她，她也不肯跳舞。结果，大伙也唱不下去，只好默默地喝着咖啡。想不到快要散去的时候，玛尼娜突然站起来说要读一首歌词，是她自己作的词：《我爱的人将要离开卢旺达》。实际上，这是一首感伤的诗：

你来的时候

卢旺达的原野开满了紫菊、海棠

我带你去见识森林里的蕉鹃、艳鹛鸪

我喜欢你喝醉了香蕉酒倒在我的怀里

我愿意跟随你举着火把穿过沼泽

和你永睡安静的卡盖拉河底

……

彼得用吉它伴奏，玛尼娜读完时，在座的人都泪流满面。我肯定，那是我听过的最纯情最打动人的歌词。玛尼娜说将来她要谱曲，让整个卢旺达都传唱。朗诵结束，天边的繁星纷纷坠落，夜空一片漆黑。在黑暗里，我和大伙

——互道珍重。玛尼娜最后一个跟我拥抱。她将泪脸紧紧地贴在我的面颊，滚烫的嘴唇吸住我的嘴，我推开了她。玛尼娜说："从明天开始，我们再也不会相见了。永别了！"我说，是的，永别了。我回到房间躺下，回想起这两年的经历，百感交集，心里有许多对此地的不舍。世界很安静，远处有鸟兽叫唤。我的睡意几无，夜半闻门外有人轻轻地徘徊，我知道是谁。她一直在纠结。良久，她还是轻轻地敲了几下我的门。我强忍不起，又过了一会儿，她敲了敲窗户。这次我装作睡着了，发出均匀的呼噜声。玛尼娜轻轻地叹息一声，默默离开了。

第二天，我趁他们还没有起床便匆匆乘车离开，但在路口处，玛尼娜早已等候在那里，满脸泪痕和疲惫。我以为她会追上来，但她只是默默地向我挥了挥手，然后消失在转角处。

永别了，玛尼娜。

四年来，我脑海里一直浮现着玛尼娜和其他卢旺达工作伙伴的身影。当然，想念玛尼娜会更多一些。她的青春活力和活泼爽朗让我如此难忘，有时候仿佛她就在我的眼前。我臆想过她突然来到中国，但想不到玛尼娜真的会来。过去她从没有跟我说过她的想法。她说中国太遥远，她不会去中国。她还说自己离不开非洲，一离开非洲，就会像一棵海棠离开了泥土，很快枯萎。"我害怕到其他地方去。"她说。可是，她还是离开了非洲，来到了中国。她跟我说，她要学习针灸，学习中医理疗。导师正好是我的师兄。我马上给师兄打了一个电话，让他多多照顾玛尼娜。师兄说没问题，看上去玛尼娜是一个聪明好学的留学生。我把考虑到的事情全部跟玛尼娜说了，比如风俗习惯、安全问题、地铁线路、日常注意事项等等，反复叮嘱她。她对我的唠叨已经不厌其烦，拿起一只鸡腿往我嘴里塞。玛尼娜说了很多卢旺达四年来发生的事情。"现在卢旺达人民安居乐业，变得越来越好了，我终于可以放心离开卢旺达了。"饭后，我带着玛尼娜沿着中山路满大街逛。玛尼娜对一切都充满了好奇，哪怕看到台湾奶茶泰国榴莲也夸张地尖叫起来，引来旁人的直视和嘲笑。

"老宋，你不怕我缠死你呀？"我把她送回学校，分别的时候，玛尼娜突然严肃地问我。

我说，你不会的。

"你最大的优点就是太了解我了。"玛尼娜笑了。

在昏暗的灯光中，我看不到她的脸，只看到她洁白如明月的牙齿。

"看上去你还是那么害羞。"玛尼娜拍了拍我的肩头，算是赞赏吧。

从这一天开始，我做好了被玛尼娜不断"骚扰"的准备。但是，一个月过去了，我竟然没有接到任何信息，我甚至怀疑她是不是还在南宁。我给师兄打电话，师兄说玛尼娜刚刚离开教室，她学习很用功，忙得连衣服都越穿越少了。

"我提醒过多少次了，请她不要穿得那么暴露，注意形象……"师兄在电话里郑重其事地说，"她的丰乳肥臀成了医科大的一道风景。男生围观她，女生投诉她。她却以此为荣。"

挂了电话，我赶紧到服装店买了几套得体的衣服给玛尼娜送过去。玛尼娜见到我十分惊喜，但对我买的衣服拒之千里："我的衣服是从卢旺达带来的，但也是你们中国产的，为什么不让我穿？"

我艰难而委婉地向她解释。

"在卢旺达你为什么不干预我的衣着？现在你倒要管我了？"玛尼娜一固执起来我也没办法。

"在中国不一样，丰乳肥臀不一定……"我说。

"老宋，我来中国是学习中国针灸的，而不是来学习穿衣打扮的。况且，我展示我的美貌也有错了吗？"玛尼娜说。

我还要解释，却被玛尼娜打断："如果你是来请我吃中国菜的话，我马上跟你走，但如果你要我换衣服的话，请你立即回去。"

我尴尬地笑道："能不能这样，你换了新衣服，我请你吃中国菜？"

玛尼娜瞪了我一眼，拂袖而去。我抱着一堆新衣服怔怔地站在那里，师兄在远处的樟树下暗自发笑。

大约一周后，玛尼娜给我发微信，问我，我能不能上你家看看？我想见见嫂子。

我回复说，可以，但不是现在。

她问，什么时候？

我说，等我安排好再说。

她不再哼声。我问，学习生活有什么困难吗？

她说，没有。只是想家。

周末，我约玛尼娜去喝酒，酒桌上几乎都是医生。有两三个还在尼日尔、塞尔维亚、刚果工作过，因此话题多且热烈。玛尼娜酒量惊人，一人干掉了一箱啤酒。让我始料不及的是，她竟然学会了划拳猜码，而且是用地道的南宁方言。她猜码喝酒的时候，根本无视我的存在，看那加微信、要手机号码、搂着男医生自拍的忙碌架势，她很快就会朋友遍天下，而我，将变得可有可无。

情况果然就朝着这个方向滑去。半个月过去了，玛尼娜音讯全无。我给她发微信，她只是敷衍地回复一个微笑的表情，有时候回复说正在外面喝酒。跟谁喝酒，在哪喝？她不回复，几乎对我所有的问题避而不答。

有一天，一个民间诗社的朋友突然找我，说他们诗社从房地产商那里拉到了赞助，要办一个诗会，请我支持。我说，我不是诗人，我支持什么呀？诗社朋友说，房地产商一时兴起，连夜打电话给他，要提升诗会规格，追加赞助三万元，办成国际诗会，突出国际性，否则取消。

我还是莫名其妙，你到底要我帮什么？

"借玛尼娜一用。江湖救急，火线支援，有犒劳。"诗社朋友狡黠地说，"千年等一回，好不容易拉了一笔大赞助。你要成全我们。广西的诗歌事业就全靠你了。"

"可是，玛尼娜也不是诗人呀？"

"诗人嘛，只要去了就是。"诗社朋友向我抛了一个媚眼。

"你这是让她冒充诗人骗人呀！骗……"我说。

"不是冒充，我们有能力在三分钟之内把一个白痴变成诗人。"诗社朋友胸有成竹地说，压低声音告诉我一个秘密，"现在跟过去不一样，诗人门槛很低，谁都可以当，至于诗歌嘛，将说出来的话、放出来的屁分行就是诗歌。"

"你在污蔑诗人贬损诗歌。"我说。

"你不懂诗歌，跟你说不清楚。你只管借我国际友人一用。"诗社朋友说。

我只好说跟玛尼娜联系试试。玛尼娜说，可以，只要有好吃的就行。

　　诗会期间，诗社朋友给我发来一组现场照片和视频。只见玛尼娜端坐在会议室圆桌的醒目位置，着装鲜艳，丰胸依然半袒露着、高耸着，面带微笑，一本正经，俨然一个重要的外国专家。会场中，她是唯一的外国人。会议安排她第三个发言。她当仁不让，镇静自若，侃侃而谈。从中国古典诗歌到当代口语诗，从李白、杜甫、苏轼到北岛、杨炼、欧阳江河……发言的时候，她挥舞着双手，声音清脆宏亮，满堂肃静。最后，她朗诵她四年前写的歌词《我爱的人将要离开卢旺达》作为结束。仿佛前面所作的发言都是为朗诵这首歌词做准备的。朗诵的时候，她声情并茂，几度哽咽，在场有数人潸然泪下。

　　很快，玛尼娜在诗会上朗诵的诗歌《我爱的人将要离开卢旺达》视频在朋友圈、微信、微博、今日头条、封面新闻等媒体疯传，"卢旺达女诗人"迅速走红。我也无法躲闪，以这首诗背后故事的主角身份引起热议。朋友、同事们纷纷向我"道贺"，我不胜其烦，一概拒绝蜂拥而来的记者和有闲者，以免给我的生活和工作带来更大的干扰。

我的妻子，以真假难辨的诚意对我说："我想见见玛尼娜，于情于理都应该请她到我家做客。"

我还在犹豫，妻子下最后的通牒："如果你不邀请，我就去找她了。"

在一个周末的晚上，玛尼娜盛装来到了我家。妻子热情地接待她，张罗了一桌好菜。玛尼娜惊叹我的房子宽敞明亮，装修豪华，赞美妻子比想象中还漂亮，女儿比妈妈更漂亮。妻子也赞美玛尼娜，眼睛数次盯着玛尼娜左手腕上戴的银手镯。那是卢旺达胡图族女孩最喜欢也是最常见的手饰，纯手工，图案很精美。玛尼娜心领意会，从手上取下真诚地送给妻子。妻子推却不过，领下，回赠一枚镶着蓝玉石的金戒指。这枚戒指是早年谈恋爱的时候我送妻子的，她嫌太宽松，很少佩戴。后来我买了几枚不同的戒指，她也没有佩戴。玛尼娜推辞了好一会儿，在我的鼓动下才收下，而且戴在她的无名指上刚好合适，妻子就不让她取下来了。这顿饭吃得很和谐，宾主脸上都始终洋溢着挥之不去的笑容。饭后，妻子还主动和玛尼娜在布艺沙发上合影并分别发了朋友圈。我的书房里挂着几幅我在卢旺达工作时的照片，玛尼娜看上去十分兴奋，分毫不差地说出每张照片拍照的时间和地点。妻子突然有些不高兴了，还好，她没有表露出来，脸上始终挂着笑意，但她的一个无意却似有意的动作伤了玛尼娜的自尊。

妻子去打开了客厅阳台的玻璃门和书房的窗户，让空气对流。冷空气一下子灌满了屋子。

玛尼娜脸色不好了，她轻轻地嗅了嗅自己的衣服和手臂，怀疑自己是不是臭了。最后，她恍然大悟，对我们说了声"对不起"便匆匆离开。

事后，我责备妻子不应该当着玛尼娜的面开门窗。

"女儿早就受不了她身上散发的气味了！"妻子强词夺理。我有点生气，但女儿对我说，妈妈说得没错，我快要吐了。

第二天一早，我打电话给玛尼娜。我还没有开口说话，她在那一头气急败坏地说："你妻子根本就不爱你。你也不爱你妻子。你们两个人假装恩爱活着，像一头大象跟一只河马关在同一只笼子里。"

还没等我反驳，她抢着说，像机关枪那样："你的书房里没有一张你们夫妻的合影。从你妻子看你的眼神我就能看出来，她不爱你！她的眼神干巴巴的根本滋养不了爱情。"

　　我极力否认，我辩解说妻子为家庭牺牲了很多，照顾老人和孩子，迎来送往，里里外外，几乎凭一己之力撑起了家庭，但心里明白，玛尼娜的直觉是对的。我在卢旺达第二年，妻子就跟单位的一个杂技演员出身的同事好上了，只是我回国后才知道。她也向我坦白过，并且说已经跟他断绝了关系，但我轻易便能找到她跟他还藕断丝连的证据，只是我装作不知道而已。她问过我还爱不爱她。我说，不爱了。她说，她也不爱我了。只是为了女儿我们没有离婚。好像，不离婚也能过下去。事实已经证明：爱情，不一定是必需品。

　　此后，玛尼娜再也不主动联系我。诗社的朋友告诉我，玛尼娜现在已经变成了著名诗人，深受欢迎的"卢旺达女诗人"，经常出席诗歌活动，还到少数民族的山村去跟当地居民跳舞。我还得知玛尼娜先后去了昆明、厦门、广州参加国际诗会，她声称要将中国诗人的作品译介到卢旺达和非洲。因而，她成为"中国与非洲的文学桥梁"，越来越受到诗坛的欢迎和重视。令我五味杂陈的是，每到一处，她都要朗诵《我爱的人将要离开卢旺达》，催人泪下地把活动引向高潮。

只是，医科大的师兄、玛尼娜的导师无可奈何地告诉我，玛尼娜的功课耽误了不少，未必能实现学业目标。我焦虑地给玛尼娜打电话。她不接，微信回复："不方便接听电话，有事请留言。"

我微信留言问："你现在不上课在干吗？"

过了良久回复："在诗歌研讨会上。"

第二天又问："你现在不上课在干吗？"

复："在去参加诗歌研讨会的路上。"

问："你来中国不是学习针灸的吗？"

复："你烦不烦呀？滚！"

有一天夜里，我快睡着了。诗社的朋友来电话了："玛尼娜喝醉了，非要见你。"

我赶过去，看见玛尼娜在餐馆里烂醉如泥，上衣都快掉光了。聚会的诗人们早已经散去。她把自己关在包厢里。

好在，她还能认出我。打开门，抱着我号啕大哭。

"发生什么事啦？"我问。

玛尼娜撕心裂肺地说道："我想你了。我无法控制我自己。"

我好言抚慰她，要像成年人那样生活，不要像个小姑娘。

"越多人爱慕我、追求我，我便越想你！"玛尼娜说。

她说的是真的，诗社的朋友告诉我，真有几个男诗人爱上了玛尼娜，是真心实意那种。但玛尼娜瞧不上他们。

此后的夜里，我经常接到师兄或诗社朋友甚至陌生人的电话："玛尼娜要见你。"每次都是因为喝醉了。因此每天晚上我都提心吊胆，妻子忍无可忍，让我开设"玛尼娜热线"，但别在家里开。我一次又一次赶到指定地点，把玛尼娜满身的污秽物清理干净，把她送到学校附近的宾馆，给她开房，看着她没有危险我才离开。因此我也疲惫不堪。

我警告那些经常跟玛尼娜一起喝酒的朋友，不要让玛尼娜喝那么多，甚至不要约她喝酒。那些朋友喊冤枉，都说是玛尼娜要约他们出来喝酒的，而且喝酒的时候谁也拦不住她。

我发现玛尼娜越来越胖了。年纪轻轻，看上去像中年大妈。我苦口婆心地劝她，别喝酒，少参加那些狗屁诗会。玛尼娜说，我不是想喝酒，而是因为我心里很空，我必须用酒填满它；我不是想参加诗会，而是我要找个地方朗诵那首诗。我的一生就只写这一首诗。

"你的功课不能耽搁。"我说。

"耽搁不了。在卢旺达的时候，我已经从你身上学到够多的了，够用了。"玛尼娜说。

玛尼娜像一个孩子，任性而纯真。我担心她受到伤害，真想一直陪着她，让她平稳地度过这一年时光。但我的工作很忙，确实没有时间陪她。她也叮嘱我工作为重，不要理睬她。时间过得也快，半年过去了，玛尼娜早已经熟悉南宁，我相信她每一天的生活都过得很充实。如果没有发生什么意外，她顺利完成学业，过半年便可以回卢旺达了。

玛尼娜消停了一阵子。那段时间，夜里我再也没有接到"玛尼娜要见你"的电话，让我睡得很安稳。

这种情况持续一个月后，有一天中午，玛尼娜在微信里告诉我，她恋爱了，她找到了一个值得托付的男人。是一个利比亚的黑人，在南宁一家涉外建筑公司工作。玛尼娜发了一张图片给我，他长得高大壮实，脖子很粗。我马上托朋友查此人的情况。结果让人很不放心。这个利比亚黑人在南宁三年已经换过八个女人了，在公司口碑很差。如果不是因为他在利比亚有点人脉关系，能给公司带来生意利益，早就被开除了。我把这些情况告诉玛尼娜，想不到她又对我发飙了。

"我才不在乎。我要的是爱情，而不是人品。你休想阻止我爱他。"

我说："提防一下总是好的。"

"我的感情生活不需要你管。你管好你自己吧。你是荒野上的一棵树，不需要爱情也可以活着。兄弟我佩服你！"

我们见过荒原。无边无际，一眼望不到尽头。平坦荒凉的地面上经常孤零零地站立着一棵棵树。玛尼娜说，那些树，将孤独终老，死得悄无声息。像没有经历过爱情的人类。

糟糕的结果比想象中来得快。她发现了利比亚男人的虚伪和卑劣，他试图说服她放弃学业，到深圳一家夜总会去赚钱。而且，他已经跟那边谈好了，玛尼娜可以马上去上班。玛尼娜不从，两人争吵起来，利比亚男人将玛尼娜打得鼻青脸肿。这是师兄告诉我的。师兄还给她的下巴缝了七针。师兄把玛尼娜被虐打的照片发给我，我怒火中烧，扔下病人，从医院里跑出来，打了一辆车直奔那家建筑公司，在三楼的国际联络部见到了正在跟几个女员工谈笑的利比亚黑人，我随手抄起一只垃圾桶冲上去，往他身上砸过去。他嗷嗷大叫，恼羞成怒，挥拳迎上来。尽管他比我高出一大截，块头比我大得多，但我像一只发疯的狼，拼命地揍他，撕咬他……

结果，我被打倒在地。我的嘴里满是鲜血，而且有一块肉，是利比亚男人的肉。他被保安拉住，捂着流血的臂膀痛苦地喊叫。

我和利比亚黑人都在医院里包扎伤口。我的额头被他打破了。从医院出来后，我们被带到了派出所。录了口供后，警察将我们训斥了一顿，然后让我们离开。利比亚黑人恶狠狠地对我说："玛尼娜是我的女人，你凭什么干涉？"

利比亚黑人骂骂咧咧地离开后，诗社的朋友带着玛尼娜赶到。玛尼娜看到我的样子，伤心地哭了。

"如果他今后还敢欺负你，我还会揍他！"我说。我心里暗暗发誓，要跟这个利比亚黑人战到底。

玛尼娜装出倔强的样子，不让我管她和利比亚男人的事情。

诗社的朋友把我拉到一边悄悄地对我说，由他来处理利比亚黑人。

我不许诗社的朋友插手。因为我知道他的老乡在南宁是臭名昭著的混混。我不能用那种手段解决问题。

三天后我得知，利比亚黑人在水街被十几个壮汉摁在地上暴揍了一顿，连夜离开了南宁，从此他不会在南宁出现。

但玛尼娜不见我。我约她出来喝咖啡，她断然拒绝，根本没有商量的余地，此后甚至不回复我的一切信息。我去医科大找她，她对我避而不见。师兄对我说，学校放假了，玛尼娜去社会实践了。到底去哪里，师兄也不知道。她的手机一直处于关机状态。

玛尼娜消失在这个对她来说过于巨大的城市中，让我每天都提心吊胆，又怅然若失，害怕世间从此再也没有玛尼娜。我托朋友，尤其是那些与诗歌有关的朋友寻找她，他们回复说没有她的消息，以至无法邀请"卢旺达女诗人"参加诗会，酒桌上也没她的身影，没有了《我爱的人将要离开卢旺达》，使得人间黯然失色。

事情发生在春节前的几天。南宁年味很浓了。这天傍晚，我刚下班回家的路上，突然接到一个陌生人的电话。

"你是不是有一个叫玛尼娜的朋友？"对方急促地说。

我说："是的。"

"她跳江了，从邕江大桥跳的。她给你留字了。"对方说。我的手机号码也在那页纸上。

我赶紧掉头，扫了一辆电动单车，穿过拥挤的街道，往邕江大桥飞奔过去。

大桥上早已经挤满了围观的人。警察在栏杆上弯腰低头，对着江水指挥水手救人。江面上有三四艘救生艇在来回游曳……我俯视着宽阔的江面,寻找玛尼娜。我心里很慌张。我想起了卡盖拉河,我和玛尼娜一起沉入河底。死亡就在一瞬间。如果玛尼娜死在邕江,我一辈子都不会放过自己。

其实,玛尼娜不是跳江,而是冬泳。她下水之前对旁边的人说,她要游泳,从最宽阔处横渡邕江。可是她穿着严严实实的衣服,"咚"一声便将自己送进江水里。

江里有一些冬泳的人,他们也在帮忙寻找玛尼娜。离水三丈,我也能感觉得到江水的寒气。

我来到玛尼娜下水的地方,趁人不备,纵身一跃,跳下江去。

我一下子被江水冲到很远的地方。我拼命地挣扎着,寻找玛尼娜。救生艇向我围过来。但它们跟不上江水的速度,我被江水带到了三四百米远的下游,慌乱中我抓住了一把水草,暂时稳住了。在救生艇靠近之前,我看到了离我一百多米外的一堆江中垃圾团上趴着一个人,跟垃圾混在一起,黑乎乎的。我惊喜地告诉救生艇上的水手,他们掉头往垃圾团扑过去。

果然是玛尼娜。她已经奄奄一息。

玛尼娜第三天才在医院里醒过来。

"横渡邕江,我没有成功。很遗憾,我以为我能成的。"玛尼娜说。

我们心里都明白,有些河流我们永远无法泅渡。

"卢旺达女诗人"差点命丧邕江的消息迅速在朋友圈和媒体上疯传。妻子嘲讽我欲为玛尼娜陪葬,慷慨殉情之举惊天地泣鬼神。我不以为然,不想跟妻子争吵。玛尼娜说得对,我是荒野中的一棵树,习惯了孤独和隐忍,没有爱情的眼睛根本无法看得到我内心的哀伤。

在医院里,我跟玛尼娜有过一夜促膝长谈。我们回想起在卢旺达的那些日子和细节,到过的每一个村落和城镇,救治过的每一位病人。我们聊得很开心,她笑起来的牙齿像夜空中的弯月,她的笑声清澈见底,一切仿佛昨日重现。眼前的玛尼娜才是原来的玛尼娜。我明白了,卢旺达,那是我的梦境,却是玛尼娜的现实;而中国,是我的现实,却是玛尼娜的梦境。

长谈的最后,玛尼娜依然不依不饶地追问我一个问题："你爱我吗？最后的确认。"

我的答案跟四年前一样："我们是兄妹情谊。"

"不是爱情吗？"

我说："不是，但未必比爱情廉价。"

玛尼娜摇了摇头，然后哈哈大笑。

"我们都在劫难逃。"玛尼娜重重拍了拍我的肩膀，意味深长地说，"我愿意做荒野上的另一棵树。"

经妻子同意，我盛情邀请玛尼娜到我家过春节。我可以带着她到我的乡下老家过年。我把我家乡的美食列了一大串，把好玩的东西说了一大通，我确信已经打动了她。果然，她爽快地答应了，与我击掌为约。

玛尼娜将跟随我们回乡下过年，妻子和女儿很高兴。我通知家乡文学界的朋友，做好迎接卢旺达女诗人的准备。我把在家乡的日程都安排好了。我坚信，玛尼娜会在我的家乡找到宾至如归的感觉。

可是，就在大年夜的前一天，我们一家三口正在商场里兴高采烈张罗明天回乡下的年货，我突然收到了玛尼娜发来的两条微信：

"老宋，我在你的上空，我看到你了。真好！"

我扔下东西跑出商场，仰望天空。果然有一架飞机从空中飞过。

"我回卢旺达，不再回来。永别了，兄弟！"

高楼阻挡了我的视线，飞机消失在云里。我朝着飞机的方向奔跑，很快被交警一把拉住。我差点闯红灯了。交警训斥我，旁人看着我。我怔怔地盯着空空荡荡的苍穹，茫然不知所措。

妻子追上来，莫名其妙，漠然地看着我。

女儿关切地问："爸爸，你怎么啦？"

一股悲凉从心底喷薄而出，以汹涌之势撞击我的胸口。熙熙攘攘的大街在我的眼里顿时变得空无一物，像寂寥无垠的荒野。我退到一个无人的墙角，蹲下来，双手抱头，放声大哭。

○ 闪电击中自由女神

　　从阙崇才家里出来，我立刻开着车离开竖城，很快便走在去广州的高速公路上。我内心非常激愤，把车开得飞快，恨不得一步回到报社，把我大半年的暗访成果公之于众。到了半途，我才发现自己对此路很不熟悉，路在深山野岭里延伸，周边看不到人活动的痕迹。整条路差不多只有我一辆车在行驶。路是刚开通的沥青路，很宽敞，白色的分界线像是油漆未干，十分耀眼。路崭新得让人舍不得开车碾压，甚至想停下来用手摸摸。只是天气突然变了，乌云越来越多，越来越黑，像被打翻的墨水把整个天空占领了。而我心中的怒火和哀伤也伴随着往事像黑云一样压过来，一股巨大的孤独感和苍凉感使得路的前方充满了悲壮。我用力踩着油门，要把车开进像黑洞一样深邃的云朵里去，让自己消失得无影无踪。

　　此时手机铃声骤然响起。显示是陌生电话，来历不明。我以为是骗子或推销的骚扰电话，很不耐烦，为了出口恶气，接了，发出愤怒的质问："你他妈是谁呀？"

　　"闪电击中自由女神！"手机里的人不管不顾，歇斯底里地嚎喊，"兄弟，噢，My God！我现在在纽约，就在自由女神像的脚下，她被闪电击中！还真被我拍到了！"

　　我愣了一下。电话那头传来急促而极度兴奋的声音，兴奋到连喘息都像是台风扫过甘蔗林。

　　"我终于拍到了，我×……满天漆黑，闪电照亮了夜空。"他喊道，"闪电击中 Statue of Liberty！ Statue of Liberty！"

　　我听出来了，是潘京。他沙哑的声音即使被雷电击碎，我也能听得出来。

　　"我都等了三天三夜，不，三年了。我终于真正拍到了宇宙的灵魂！太清晰太完美了！"潘京在电话那头尖叫道，"你不知道我的等待有多么漫长，兄弟！"

　　突然，一道弧形的闪电划过长空，从宇宙无限深处的那一头，掠到遥不可及的这一头，将黑暗的苍穹分开两半，但它没有将黑暗点燃。我被炫目的闪电震慑了，本能地踩了一脚油门。

"兄弟，闪电！妈的，又一道闪电击中了自由女神！那是灵魂与灵魂的碰撞，那是点亮黑暗的方式！"潘京激动得语无伦次。

我来不及回应潘京的话，一声响雷在我的车头上方炸开来，我吓得打了一个激灵，手机掉到了踏板上。手机里仍传来潘京嗡嗡的声音。

接着，又一道闪电划过来，试图换个地方将黑暗切开一道口子，但仍然没有成功。

接着又一阵炸雷从头顶滚过。我减速，俯身拾起手机。

潘京在手机里哭了。同时，我听到了手机里有雷声。

我问："潘京，你那边怎么啦？"

潘京呜呜地哭着回答："没什么，闪电击中了自由女神，我突然感到很难过。"

我懂得一个常识，每年自由女神像被闪电击中的次数以数百计，仿佛从她耸立在那里开始就被闪电盯上了，一百多年来不知道承受了多少刻骨铭心的爱，又承受了多少次五雷轰顶之恨。然而，作为一个摄影爱好者，像追拍飓风、巨浪和流星一样，抓拍到闪电击中自由女神是何等快感和自豪的事情。

这一刻我竟然替他担心，说："你的头上没安装避雷针，得注意安全啊。"

潘京抽泣着说："放心，所有的危险和灾难她都替我们承受了。你听我说，你还好吗？我好像听到你那边雷鸣的声音。兄弟，如果你害怕闪电，先躲起来再说。我跟你不一样，现在我十分喜欢闪电，我恨不得潜入宇宙深处捕捉闪电，我需要闪电。"

"现在我也在等待闪电。"我说。

"你知道吗，我终于弄明白了，闪电有许多种，有利剑状，有鞭子状，有树枝状，有绳子状，有鱼网状，还有球状。对付坏人的，用利剑、用鞭子，让他们永不超生……带走好人的是鱼网闪电，它只是让好人换个地方生存。我爸就是被鱼网带走的。"

我说："我想跟你谈谈……你到底还有多少秘密。"

那头不说话了。长时间静默。我不安地问："怎么没有声音了，你那头什么情况？"

　　好一会儿，从遥远的美国传来一个幽幽的像被闪电烧焦了的声音："我有点想黄瑛了。"

　　我的未婚妻叫黄瑛。

　　黄瑛最早让我知道潘京曾经非常害怕闪电。

　　那一天她坐在自己家的茶桌边喝着咖啡对我说，潘京对雷电怕得要死。说话时表情有点鄙视、嘲笑，但更多的是怜悯和无奈。她举了一个例子：有一次午后，她坐在他的车里副驾的位置，在去横城的路上遇到了雷雨。一道闪电从乌云深处斜着杀出，发出耀眼而火花四射的光。那光像鞭子一样劈头盖脸地朝他们抽打过来，潘京惊叫一声，惊慌中双手不听使唤，车失去了控制，开到了路边的一片荒坡上，熄了火。她惊魂甫定，他已经从驾驶室逃之夭夭。她跳下车追着他喊。他逃到了桥底下，双手抱头蹲在沙地上，浑身颤抖，像一只被狼撵到了墙角的兔子。又一道闪电划过，照亮了他惨白的脸。

　　"我害怕闪电。"潘京说。

　　黄瑛在桥底下一直陪着他，安慰他，直到闪电停止，他们才重新回到车上，冒雨前进。一路上车开得很小心，仿佛害怕闪电在前面某个地方设下了埋伏。

　　那时候的黄瑛真的很美，说话的声音很好听，说起这件事情时对潘京充满了怜悯之意。

　　当时潘京没有过多地解释自己为什么害怕闪电。他只是说天生的，可能在母亲的肚皮里受到了闪电的惊吓。黄瑛说，胡扯。潘京没有辩解。那天的咖啡是卡布奇诺，它的味道像闪电一样击中了我的舌头，说不清楚的甜和香，我对它赞不绝口。黄瑛骄傲地说，是我的手艺好。

　　我们谈论闪电的时候，潘京局促不安，还有点害羞。那是晚上，月朗星稀，和风拂面，在昏暗的灯光下我注意到了黄瑛的手，纤细而白嫩，我想摸一下，或被她摸一下。

　　后来，在一个风和日丽的下午，潘京和我躺在惠江边的草丛上，向我解释了害怕闪电的原因。他说很小的时候在乡下亲眼看到过闪电将家对面山坳上的一棵参天银杏树拦腰劈断。有一年夏天中午，黑云遮住了天空，他的父亲撑着一条小船摸黑过江，要赶回家给祖母煎药，潘京在岸上等他。父亲每次都从山里带山鸡给祖母补身子。潘京认出了父亲的小船，只容得下一个人，他一个人撑着。江水舒缓，向来没有凶险。可是，这次船刚到江心，一道闪电划过，照亮了江面。当时，潘京被突如其来的闪电吓着了。很耀眼很锋利的闪电，把天空划开了一道口子，向江面伸出白色冰冷的爪子。因为恐惧，潘京本能地闭上了眼睛。当闪电熄灭，乌云变成了雨水，光线慢慢从天空中渗出来，他睁开眼睛，发现父亲不见了，只剩下那条小船空荡荡地在江面上漂着，暴雨将它打得胡乱逃窜。潘京朝着空荡荡的小船呼喊，但没有人回应他。雨过天晴，依然不见父亲上岸。潘京哭着，无计可施。所有人都说，闪电把他的父亲收走了，像老鹰收走了一条鱼。

潘京说他的父亲是一名伐木工，每天都撑船去很远很深的山里伐树。父亲一辈子很孝顺，从没干过伤天害理的事情，相反，做过数不清的好事。虽然砍过很多的树，但树神也没责怪过他，况且，树是闪电的敌人，伐木工应该是闪电的朋友。闪电收走的应该是坏事做尽的人。潘京认为，闪电收错了人，下一次闪电会将父亲归还给他，就像语文老师没收他的课外书，发现不是有害读物而是世界名著，第二天会归还他还表扬鼓励一番。但许多年过去了，他一直没有等到。

"闪电狰狞得像魔鬼的脸孔。"潘京不敢正眼看闪电，像我们害怕锋利的刀割开我们的胸膛，将内心所有的秘密曝光于众，"也许，闪电曾经有意将父亲还给我，但我不敢迎上去接，很多次都那样。还有一种可能，闪电早就已经将父亲还给我了，但把他放错了地方。"

这种可能性也是存在的。闪电不是计算机，记性没有那么好。

"你认为会放在哪个地方？"潘京问我。

我说不知道："会不会放在当初收走他的那个地方？"

潘京说："不会。如果放在那个地方，说明闪电承认自己错了。闪电怎么可能认错呢？"

我说有道理。但我想不出来闪电到底会在哪个地方把父亲归还给潘京。

"那个地方，也许是美国。"潘京说。

潘京解释说，也许不是闪电的意思，而是我爸的选择。

他让我思考有没有道理。但当时他讲述故事和分析问题的时候，我最感兴趣的不是闪电，不是美国，而是伐木工。

对我而言，伐木工是一个关键词。

认识潘京时，我是南方某报的深度调查记者，被报社派往竖城暗中调查非法排污的证据。每逢洪水过后，珠江下游的水经常镉超标，基本断定是上游有矿厂企业趁洪水之机往江里排放污水，但一直找不到证据，或者有了些眉目，却被地方政府搪塞遮掩过去。我们报社曾经安排过记者去珠江上游暗访，并已经把竖城列为重大嫌疑地，只是在竖城蹲点了一个多月也没有找到实证，还莫名其妙地被当地的流氓地痞揍了一顿，只好悻悻而回。而被打伤的右眼落下了后遗症，夜里看不见任何东西。同事们分析，可能是因为他的外地口音引起了别人的怀疑，暴露了身份。我是报社抗打能力最强的，在山西暗中调查黑煤矿坍塌事件时，曾经被十五个壮汉追打三十多公里，一路翻山越岭地逃跑，一路被人往死里揍，但还是让我逃出生天，并用翔实的现场照片将真相公之于众，引起全国轰动。但断了两根肋骨、脸青鼻肿的我在医院里躺了三个月。前赴后继，我就是后继的人。报社领导说了，你就像当年的地下党员一样，潜伏在竖城，暗中调查，一个月不行，半年；半年不行，一年；一年不行，两年。

其实我是主动请缨的，因为我觉得报仇的机会到了。竖城中兴化工厂厂长阙崇才，是我家的仇人。据铩羽而归的同事说，排污的源头必定是中兴化工厂，只是找不到它的排泄渠道。只要证据确凿，我就能扳倒他，甚至让他进监狱。阙崇才还没当化工厂厂长之前，是竖城国营林场的场长，我爸当年是林场会计。有人举报场长贪污公款被查，结果他伙同他人栽赃到我爸身上。我爸无处申辩，被判入狱三年。那时候，我才八岁，寄宿在乡下外婆家。母亲是竖城林场的合同工，在卫生室既非医生也非护士，每天闲坐，偶尔帮病人量一下体温和血压，还经常因为量不准被医生和护士斥责，还被病人打过嘴巴。但母亲长得漂亮，不能安排她去伐木或干其他的，只能在卫生室待着。然而，我并不觉得母亲有多漂亮，脸太长，下巴太尖，眼睛大而空洞，只是皮肤白，身材比父亲还高出一小截，无论是夏天还是冬天，母亲总是穿着连衣裙和肉色长筒丝袜。伐木工经常到我家找父亲核实数据，母亲总是对他们露出嫌恶的表情。伐木工身上有汗臭，有树脂和树汁的气味，让母亲感到恶心。母亲和父亲的关系从来不冷不热，不亲不疏，也不争不吵，像是两个奉命凑合过日子的人。父亲入狱，母亲不悲不喜，不哭不闹，也不卑不亢，平静得若无其事，像跟自己毫不相干。不久，母亲跟别人跑了。母亲走的那天，我哭着要她给我留下一个地址，日后我好去找她。但她拒绝了我，拒绝了所有人，包括外婆。她背着一个花布挎包走了，从大路上大大方方走的，走得六亲不认，决绝而胸有成竹。因此没有人知道我对母亲有多恨，而对父亲有多爱。我要拯救父亲。那三年里，我恳求外婆教我认字。当我认得一百个字的时候，我开始替父亲写申诉书，让二舅寄到县政府。后来父亲被减刑期三个月。父亲出狱那天，我以胜利者的姿态乘长途班车到柳州劳改农场接他回家。一路上我向父亲邀功，父亲比过去木讷了许多，慈祥了许多，只是摸了摸我的头说，你能写文章，很了不起。回到家里，二舅把那些年我写的申诉书当着父亲的面原封不动地交到我的手上，他压根就没有寄出去。我无地自容，责怪二舅，如果他把我的申诉书寄出去，我爸早就回来了。对此，二舅不申辩，一声不响地给我带回了一个后妈。

后妈跟我妈的年纪相仿，身材也差不多，我差点以为是我妈回来了。风把她的头发吹得很乱，头发遮住了脸，似乎是故意的。我还来不及仔细瞧瞧她的样子，父亲便将她带走了，一起去了贵州的建水。因为吃过牢饭，他在家乡待不住了。我不在意别人暗地里称我是贪污犯的儿子，但父亲无法忍受别人异样的目光和流言蜚语。建水离竖城很远。一个月后，我收到父亲写的一封信，他说在那边挖煤，如果顺利，从此就在那边安家了。那年年底，我骗过了外婆和二舅，乘长途班车到贵阳，辗转到了建水，把父亲吓了一跳。

那一年，我十四岁。我想见继母，我想从她那里获得母爱。她会爱我的，我也会爱她。可是父亲说她死了，不小心从拉煤的车上掉下来摔死的，幸好死得并不痛苦，当场就断了气，脸上还带着微笑。我说我还没看清她的模样呢。父亲难过地说，我也来不及看清，工友都说她的脸长得像很值钱，即便是死的时候，她的脸依然比金子漂亮。

我问她的来历，父亲说他也说不清楚，但只知道她的前夫是伐木工，死于一次闪电。她还有一个儿子，跟大伯一起生活，年纪跟我差不多。一个继母像闪电一样来到我家，又像闪电一样在这个世界消亡，或许这就是人生的诡异之处。我没有闲着，跟父亲下矿井挖煤。别看我瘦小，挖的煤一点也不比父亲少。过去父亲力气蛮大的，但从监狱出来后身体就不行了。挖半个小时便要坐下来喘息一会儿，并借着矿灯的光掏出一本书看。他看得很认真，像是复习迎考的高中生，但每次总是只看十分钟便收起书去干活。每隔几天换一本书，类型不一样，有小说，有电工教程，也有领袖文选。他说在监狱里养成了看书的习惯。矿工们不知道父亲原来的身份，也不知道他蹲过监狱，但都觉得父亲不应该挖煤。父亲认为我不应该挖煤，因为他看过我为他写的申诉书，觉得很有文采，可以靠文谋生。会计就不要做了，容易出差错。父亲说，也可以先好好挖煤。挖煤是一个好职业，在地下没有勾心斗角，都靠力气吃饭，一天挖多少煤得多少钱一清二楚。父亲恨不得一辈子天天待在煤洞里，不再跟外面的世界有什么勾连。但煤洞里很黑，像深空一样黑得令人胆寒，孤寂得像身处遥远的星球。有时候我很希望外面有光照进来，哪怕是一束闪电也好。在煤洞里休息的时候，我也学会了看书。父亲看过的书，我拿过来看。到我十八岁那一年，父亲说，你可以离开这里了，你干什么都可以，但不能为我报仇，因为我的案子是铁案，翻不了，不要把时间精力耗在毫无意义的事情上。我还舍不得走，说再挖半年吧，半年后，也许我再也不想报仇雪恨的事情了。半年后，我果然不再想了，但发生了一次矿难。那天雷电引发煤井电线短路，导致瓦斯爆炸，轰鸣一声，像一道闪电撕裂了矿井。父亲下意识地朝我喊，快逃。我离父亲二十多米，本来我们可以一起逃走，但他回头拿他的书……我侥幸逃出生天，父亲和十七名矿工却永远埋在离地面三百多米的地球深处。我曾经怀疑，瓦斯爆炸不一定是意外，也许是阙崇才暗中下的毒手。我怀疑世界上所有的坏事都与他有关，他才是最应该被闪电收走的那个人。因而，仇恨的种子重新发芽。

我到南方应聘的时候，报社的领导听我说完这些经历之后，不看我的学历，也不笔试，只看了我写的几页日记，便决定录用我。他说，对生命的体验、对正义的坚守和对自由的渴望比学历、才华都重要。我没有让报社失望，我用闪电般的速度得到了同事们的认可和敬重。

我在旧城区相对混乱的小区里租了一套小房子，没有人认识我，左邻右舍都是市井里最底层的人，贩鸡屠狗，三教九流，什么样的人都有。我的竖城口音没有变。有人问我是干什么的，我说是搞摄影的。是照相吧？我说，照相跟摄影是两码事，懂吗？他们不懂，便不再问。这里的人不知道我的名字，称呼我时叫"照相的"。化工厂虽然进出的人很多，但防范森严，进出的每个人都被保安盘查，外人没有证件根本靠近不得。我也犯不着像我的同事那样非要进厂找线索，我可以寻找它的排污口。只要给我时间，再隐秘，我也能找到。工厂的污水像人膀胱里的尿液必须排放。因而，我的日常工作便是假装成一个游手好闲的人到处寻找污水排放口。

小区里有人对我摄影师的身份提出了质疑：你的相机呢？

我犹豫了一会儿，从口袋里取出一台索尼傻瓜机，小巧玲珑那种，这不但不能打消他们的疑虑，反而增加了他们质问的底气：你怎么没有像记者潘京那样的长炮短炮照相机？你得学学他。

潘京在竖城妇孺皆知，但我不认识他。我开始寻找他。

我在东门照相馆买二手单反相机时认识了潘京，身材偏矮但很壮实，脸圆乎乎的，鼻子扁平，头发蓬松且天然卷，说话时不怎么看人，仿佛跟谁说话都一样。照相馆不是他的，但相机是他的。他跟我说他这台相机的好，也说它的毛病和脾气，像给我介绍一个姑娘一样，把秉性说得清清楚楚。我说想买台专业相机，随便拍拍寻找乐趣和消磨时间，顺便学学摄影。潘京说，这是摄影菜鸟级别最好的相机。于是我买下了相机。潘京说，我对这台相机有感情，如果不是手头紧，我哪舍得卖掉它？我说我懂的，像是杨志卖刀呗。

潘京是竖县日报的摄影记者，从报社创办那天开始，他便是记者了。我们一见如故，很谈得来。我需要朋友，于是便与他频繁往来。他经常提着酒菜到我家聊天，说有什么困难找他，黑白两道都可以。我不会暴露我的真实身份。我主要聊全国娱乐圈里的人和事，聊摄影，有时候也纵论天下大势和时政新闻。任何话题都可以聊上半天。就算不聊，我们坐在一块儿也彼此心照不宣，似乎也都在想着同一问题，得到同一个答案。只是在摄影方面，我还没有入门，只相当于"照相"的水平。我只会简单地拍照，经常因为相片的拍摄技术问题被编辑诟病，幸好我的文字的深度和精彩弥补了我的缺陷。摄影是我的弱项，我真的想好好补一补。潘京看到我对摄影抱有极大的热情，兴奋地说，热爱是最好的老师，如果你真正热爱摄影，我可以毫不保留地教你。

于是，我开始了和潘京的友谊，更贴切地说是师生关系。

那时候，我们坐在惠江下游滩涂的一堆荒乱的草堆里。那是深秋，草有些枯黄了，散发着热气和植物死亡的气息。我们实际上是靠着厚厚的草半躺着，江水在三步之外，风还是有点冷，越来越冷。我们等还明亮的太阳慢慢变得暗淡，像等待一堆火缓缓熄灭。到了那时，残阳的余晖斜照在下游的残桥上，把桥和桥面上的杂草变成金黄色，稀疏的光线穿过桥洞，散落在江面，流水将它们和垃圾一起带走。

我们正需要这一刹那。我们的照相机早已经架好，就等这一刻的到来。

这是潘京最喜欢的拍摄场景。残桥离县城不远，肉眼可见街市上行走的人。桥是清嘉庆年间由德国人设计并修建的一座廊桥，虽然窄小却可通汽车。桥的另一头原先有一座天主教堂，多年前毁于一次雷电引起的大火，被烧塌了，上帝一头栽到了惠江里，多年过去了也没有爬起来。教堂倒塌后没过多久，桥也被洪水冲垮了，桥的两头断了，只剩下中间一段，两头不靠岸，既无法出发，也无从抵达。桥身长满了青苔和杂草，已经残破不堪，政府一直说要拆除，但潘京总能说服政府暂缓，等他完成一件不朽的杰作。似乎生怕明天一觉醒来桥便不见了，所以他把每一次拍摄都当成最后一次。早晨、午后、黄昏甚至月夜，他都拍过。残桥与江水浑然一体，照片确实漂亮而有味道，其中一幅挂在县政府入门大厅最醒目的正墙上。因为这些照片，他获奖无数，已经成为县里最著名的摄影师。他是报社的头牌摄影记者，似乎还是新闻部的副主任，但他不喜欢给官员们拍照，对官员有着与生俱来的反感和排斥。他的学生很多，但没几个坚持跟他学到头的，因为他们受不了翻山越岭寻找风景的苦，更受不了像狙击手等待猎物那样在野外数天数夜地守候最佳状态到来的煎熬。他告诉我，残桥是摄影的起点，也是终点。摄影的全部秘密都在这里。他的残桥照片风格各异，恬静的、忧伤的、孤独的、诗意的、苍茫的，都给人强烈的震撼。我们都认为他拍的照片已经好得无可挑剔，堪称完美，把摄影艺术推到了最高的境界，但他却一直认为没有把残桥拍好，总觉得差那么一点点。不是技术问题，更不是设备问题，甚至都不是光线、湿度、风速和空气质量问题。别人以为他是假谦虚、装逼，只有我知道他说出了内心的真实。

"灵魂。"潘京说。

我明白他说的是什么，因为我也在捕捉灵魂。

人有灵魂，桥也有。潘京说，我的照片只拍了它的皮囊，缺少灵魂，它的灵魂游荡去了，我们只是瞎折腾。

我跟他聊灵魂。无边无际地聊。甚至聊到了宇宙的构成和主宰。

"最好的摄影师不是因为他技术高超，而是因为他是捕捉灵魂的高手。"潘京说。

虽然是残桥，像一个断了膀臂的人，虽然不健全，但它还是活着的，灵魂还在。哪怕它游荡得再远，也总有一天会回来的。这是潘京带着我不断来到江边的原因。

在漫长的等待中，每次潘京都给我讲很多很长的故事，主要是竖城官场和商圈的事情，醒龊而隐秘。他知道很多内幕并记录了其中的一些。他指了指自己的照相机：世界上的秘密都被藏在各式各样的相机里。他说的事情我很感兴趣，超过了我对摄影的热情，尽管我听得出来他添油加醋了，甚至有明显的虚构和夸张成分，尤其是关于官员们跟女人幽会被他无意拍到的那些秘密。我在恰当的时机简单地提问，引导他继续往下说。讲故事的时候，他喜欢往天空中吐烟圈。草丛中偶有蚂蚱借道于我跳到他的身上，有时候他抓住蚂蚱用烟头烫，蚂蚱油被烧得嗞嗞作响，香味四溢。他从口袋里摸出一瓶江小白，喝一口，将半熟的蚂蚱嚼两下咽下肚去。只有在这种情况下才能中断他的讲述。

"兄弟，这些事情都引不起我的兴趣。"潘京说，"他们没有灵魂，或者说，他们的灵魂没有趣味，还比不上蚂蚱。"

我表示赞同。灵魂是一门哲学，更是人生态度。

"我也没有灵魂。"他说。意味深长，但我一时捉摸不透他究竟要说什么。

江面很辽阔，残桥很长，尤其是我们躺着看它们的时候。

有时候，我们弄来一条小舟，请一个懂撑船的村妇撑船，让我们从不同角度拍照。

"我这辈子最大的愿望就是拍到有灵魂的东西。"潘京说得很认真，仿佛是在对着那些飘荡在空中的灵魂发誓。

然而，有一次天气突变，乌云压顶。潘京十分惊惶，一道闪电划过，照相机从他的手上掉下来，贵重的镜头跟相机身首异处。他没有掩饰自己，脸色苍白，目光呆滞，像被闪电击中。

受到闪电惊吓并不奇怪，我安慰他。他缓过来后，对我笑笑说："闪电真的能摄魂夺魄，把人吓死。"

闪电到底是什么东西？对此我和潘京曾经争论过，他不相信科学，不相信一切被定义的东西。他总是在形而上的层面跟我探讨，而我喜欢引经据典用科学去解释和推测万物。然而，有时候他也能说服我，比如：

"闪电是宇宙的灵魂。"

对此我竟然无言反驳，反而茅塞顿开。每每对某事物达成共识，我们都很高兴。

就是那次闪电之后，潘京跟我说起了他小时候跟闪电的关系，因而我知道了他是伐木工的儿子。

"你是不是有一个改嫁给贪污犯的母亲？"我问。

"是的，我曾经有一个妈。"潘京说。

潘京把他母亲唯一的一张照片给我看。那是她生潘京那年照的。一个从城里下乡采风的摄影师给她拍的，就站在家门口用卵石围起来的墙头前，脚旁边有两只小母鸡，她穿着白色衬衣，表情羞涩，头发还有些紊乱，几缕发丝隐隐约约把脸遮掩了，这样反而显得她更美。我看了看照片，只能说似曾相识，但她真的漂亮，而且很善良。潘京说，父亲被闪电抓走后，如果母亲不离开村里，她就得听从村里大多数男女的劝说，改嫁给大伯。虽然大伯是好人，年富力强，但她不喜欢。所以她宁愿嫁给一个吃过牢饭的。

"我妈不是普通的村妇，虽然只读过小学，但她是读书人。她喜欢看小说，读过不止十遍《傲慢与偏见》。"潘京说，"我不喜欢小说，我喜欢摄影。"因而我相信我父亲爱上看书并非在狱里养成的习惯，而是因为娶了潘京的母亲。

"我妈姓宋。"潘京说，叫宋桃。她离开潘京的时候，只留下一张照片。照片的后面，写着摄影师的名字：黄国安。

我甚至觉得连"宋桃"这个名字都是天底下最美最动听的名字。

"母亲离开的时候，舍不得我，抱了抱我。我说，妈，你快走，不然村里人就要把你捆住留下来嫁给大伯了。"潘京说，"虽然我并不讨厌大伯，但我还是希望母亲赶紧离开。那情景，只要我对母亲说，请你留下来吧，她肯定会留下来。"

潘京说，母亲一走，我的心里只剩下噩梦般的闪电了。

师范大学毕业后，潘京回竖城举目无亲，找到文联副主席黄国安。

"没人发现你妈究竟有多美。除了我。摄影师的使命就是发现美，留住美。按下快门的瞬间，刹那即永恒。"黄国安说。

潘京说，我没有留住母亲，我当了十多年的孤儿。

我相信，有些母亲是留不住的。天要下雨，娘要嫁人，这是世界上最难以阻止的两件事。

黄国安还告诉潘京所不知道的秘密，在一个雷电交加的午后，潘京的母亲到城里找到了黄国安。文联的人让她坐在黄国安的办公桌前等他。黄国安走进来，看到她安静地坐在那里，头发湿漉漉的，正翻阅着台上的自由来稿，像极了一个编辑。"我们聊了一个下午。"黄国安说，"最后，我才知道她是来索要她的相片的。我忘记了照片的事情，当时我只是随便拍的。我让照相馆加急冲洗了出来。她请求我在照片上签名，我签了，并签了日期：1993 年 7

月12日。实际上，照片是5月8日拍的。"

　　潘京记得，父亲是1993年7月10日被闪电掳走的。村里的大人沿着惠江往下游搜寻了两天，并不见他父亲的尸体。十多年过去了仍没有见到。

　　"傍晚了，我让她留下住一个晚上。可是她不肯。她说，要赶最后一趟班车，回去办丧事。"黄国安说，"她说的最后一句话是，我丈夫跟闪电走了。"走了就是死了。父亲到底是死了还是活着，潘京为此跟母亲吵过一架，后来母子分道扬镳，不再相见。潘京说梦里经常见到父亲慢慢变老的样子，证明他一直活着，哪怕活在黑暗里。

　　潘京问黄国安，后来我母亲还找过你吗？

　　黄国安想了想才说，找过一次。她说要找个男人改嫁，不要求别的，只要有点文化就行。我把她介绍给了一个竖城国有林场的会计，是我一个初中同学的姐夫的同事，刚从监狱里出来，人挺好的，打得一手好算盘。之后便没有她的消息了。估计是她看上了那个会计。

　　"但我记得她。她长得很美，有民国文艺女青年的范儿，像一个女神——向往自由的女神。"黄国安说，"摄影师最希望遇上这样的拍摄对象。"

"如果没有那次闪电，如果我爸不消失，我妈还是很美的。"潘京说。

"对了，你妈来见我的时候，怀里抱着一束橙黄色的野菊花。"黄国安说。

潘京不愿意当教师，要当记者。黄国安使尽全力把潘京弄进了竖城报社，并教会了他摄影。在一次野外拍摄中，黄国安摔了一跤，中风了，从此瘫痪在床，生活难以自理。潘京继承了他的摄影技术和所有器械，而且，娶了他的女儿黄瑛。

"我妈右边的乳房有一颗樱桃痣，即使在夜里它也闪闪发光。"潘京说，"你爸有福了。"

在惠江边的草丛里，我们有了更多的话题，谈论我们共同的"母亲"和各自的父亲，成了无话不谈的好兄弟。

"我爸对你母亲很好。他们应该过得很幸福。"我对潘京说，"只是很短暂。"短暂得像按一次快门，刹那即永恒。我们无法给他们留下甜蜜的照片，他们只能活在我们的想象里。这样也好，只要我们的想象是甜蜜的，他们就很甜蜜。

潘京对母亲似乎有点陌生了，跟我一样。他甚至才知道自己的母亲已经离开尘世。我也差不多忘记母亲长什么样了，她连一张照片也没有留下，至今不知道她到底在哪里。

潘京经常把我带回家里，不是为了看他的摄影作品，而是给我分析大师之作。他家原是文工团宿舍，楼道很杂乱，旧房子，一厅三室，不宽敞，跟我租的房子差不多。家具是旧的木沙发，吃饭的桌子很小，几乎看不到家电，家徒四壁，墙壁上挂满了各种照片，但没有一幅是他自己的。他跟我解读什么才是一幅作品的灵魂。有时候是人的眼神，是死者脸上的表情，是少了一只乳房的胸脯，有时候是一根木条上的蚂蚱，还有可能是一只鸟被风折断的翅膀……兄弟，你知道吗，我想端着相机跟随夸父，拍下他奔跑的样子。我明白，我知道，我懂得。他心里装着巨大的理想。他的妻子黄瑛和她的父亲黄国安毕业于成都同一所大学的中文系。潘京比我大一岁，我应该称黄瑛为嫂子。嫂子觉得没有什么可拿来招待客人，便从卧室里取来一只纸盒子，打开，把一张照片送到我的眼前。是她站在残桥上，穿着白色裙子，亭亭玉立，夕阳的残光把她脸上的忧伤增加了哲学的意味，清澈无瑕的眼睛像极宗教神话里不沾人间烟火的圣女。残桥、江水、蓝天和缓缓划过来的孤舟与桥上的人浑然一体，堪称完美。那是十年前的照片，有点泛黄了。彼时嫂子还不是潘京的妻子。开始的时候她压根瞧不上长相连普通都算不上的潘京，尤其是不喜欢他的青蛙眼睛和过于厚肥的嘴唇。她从没想过会嫁给一个伐木工的儿子，尽管她的父亲很欣赏潘京。她爱上他的原因是他读懂了她，捕捉到了她最美最妩媚的时刻。嫂子说，他拍出了我的灵魂，也摄走了我的灵魂。他把我的灵魂装进他的相机，直到现在我的灵魂仍然被封存在相机里。嫂子指着挂在墙上的照相机，既自豪又怨恨，满肚子的话要向我倾诉。潘京打断嫂子的话题，跟我继续聊墙上大师们的作品。嫂子用幽怨的目光看着我。此后每次到潘京家，嫂子都把那张照片拿出来给我看，重复着同样的话。

　　"一个女人，一生中有一张这样的照片，足矣。"每次收起照片时嫂子都这样说。嫂子衣着朴素，没戴任何饰物，洋溢着天然纯真之美。她那双清澈的眼睛还跟照片上的一样，没有变化，身材也只是稍微胖了一点点，脸上有了些可以忽略不计的皱纹，不是近距离根本看不出来。

潘京秃顶了，如果他的脸是一本说明书，扉页上应该写着"饱经风霜""未老先衰"的字样。搞野外摄影的都这样。也许还有其他职业病，他说过他的肝不是很好，但也没有因此戒酒。

潘京还有很多谋划，比如去非洲，去南美，去北极，去珠峰，潜海底，都谋划十年了，没有一个目标得以实现，因为没有钱。他说，想要穷一辈子就玩摄影。他的所有收入几乎都花在了设备更新上了。他没有向我炫耀他的装备，但我知道它们的厉害和价钱。我看得出来，潘京过得不是很惬意，甚至有些孤独和压抑。在竖城，他几乎没有什么朋友。原先有交往的朋友都因为他的与众不同，聊不到一块，渐渐离他而去。

"你应该到大的地方去。"我劝过他。

"想过。"他说。只是想想。在乡下老家，他还有一

个卧床的大伯，是大伯把他养大的，他每周都得回去看望
一次。

潘京和黄瑛没有孩子。"是我不行。"潘京对我说，
精子活力太低，可能是遇到了太多的闪电，精子被闪电杀
死了。后来黄瑛告诉我，潘京说得不全对，关键是阳痿，
结婚那年有一次做爱时被闪电惊吓，从此就不行了。而且，
精子活力低不也是因为受到了闪电的惊吓？

不知道什么原因，也不知道从什么时候开始，我的脑
子里钉了一颗钉子，钉子上挂着黄瑛十年前那张完美的照
片，晃来晃去，每到夜深人静时照片都异常清晰，散发着
摄魂夺魄的魅力。她试图从照片里挣脱出来，她每次都成
功了，像成功地越狱，自由地呼吸，自由地奔跑，自由地
飞翔，像自由女神。可是，她没能走出我的脑海，我把她
困住了，她也把我困住了。

我对自己的龌龊想法愧疚不安，想尽快完成工作任务，
然后离开这里，努力过了但毫无线索。我得等待一场大雨，
引蛇出洞。然而，大雨可遇不可求，像缘分一样。

更可怕的是，我的双腿不是往化工厂和它的周边

跑，而是自觉不自觉地往潘京家里跑。潘京有时候在，有时候不在。黄瑛越来越期待我的到来。

潘京不在的时候，我经常跟她说起我的经历，还提到我把八岁以来的经历都记在日记本里了。她要看我的日记，我居然同意了。

潘京不在的时候，我不称她嫂子，而是直呼其名黄瑛。

潘京说他跟岳父黄国安关系不好。他把母亲的改嫁归咎于黄国安的牵线搭桥。因为厌倦伺候脾气日益火爆的岳父，岳母的脾气也越来越不好，不仅把黄国安摔跤致瘫的责任推给潘京，因为是潘京领着黄国安连夜爬山拍日出，而且对潘京的贫困潦倒总是冷嘲热讽，让他很窝火憋屈。除非不得已，他是不会去拜会岳父岳母的。但在我的三番五次请求下，他终于带我去见黄国安。因为我隐隐约约预感到他知道我母亲的去向。

在县政府后街，我们从一条小巷进去，弯弯曲曲，所有的墙和门上都贴满了小广告。巷子越来越狭窄，小巷的尽头是黄国安的家。是黄瑛母亲开的门。家很逼仄，堆满了书。黄国安躺在小客厅的木沙发上，下半身盖着一张薄薄的瑶毯。我跟他交流摄影心得。他偶尔说几句，说得很慢，不利索，更多是沉默，面带僵硬但真诚的微笑，耐心地听我说。看上去我和他聊得热乎了，潘京告诉黄国安，我是会计的儿子，蹲过监狱的竖城国营林场会计。黄国安恍然大悟。

"你妈肯定还在这个世界上，像潘京的父亲一样。"黄国安安慰我说。

"你知道她在哪里，为什么不肯告诉我？"我问。

黄国安说他不知道，但也许宋桃知道。

"可是宋桃死了。"我说。

"死了也知道。"黄国安说。

不知道什么原因，潘京和他的岳母突然吵了起来。我赶紧劝架。黄国安叹息一声："不要管他们。"他试图站起来，但未果。他朝电视柜的中间那个抽屉指了指。我走过去，取出一堆乱七八糟的照片，在黄国安面前翻看。

"两个女人曾经在竖城的照相馆相遇过。"黄国安说，"她们有过合影。是我拍的，那时候我在照相馆兼职。"

翻到最后，我果然翻到一张发黄的照片。我一眼认出了我的母亲陆珊珊和我的继母宋桃。她们手挽手站在照相馆的一幅大海布景前，仿佛一见如故，脸上没有忧伤。布景上湛蓝色的大海、沙滩上的椰树、白色的帆船和若隐若现的海鸥构成了如诗如梦的世界。照片的左上方有一行金色的小楷：自由的梦想。照片右下方的日期也是电脑打印的，1993年8月19日。那一天，母亲离开我刚好两年零九个月。日期下方还有一行钢笔字：左一宋桃，右一陆珊珊。字迹清秀，但有些模糊了。

黄瑛说，潘京郁郁寡欢并非是从认识我开始的。他的笑和豪爽都是装出来的。他一直觉得自己怀才不遇，一次次提拔的机会旁落他人。他经常借酒消愁，酒后虐待过他的相机，把它们重重地摔到地上，把种种不顺之事归咎于相机。有时候他把门关起来自己给自己拍照，把自己酒后的丑态拍下来。"这才是我的灵魂真实的样子！"潘京经常对着自己的照片发呆，整夜整夜地发呆，像精神失常了一样。摄影害了他，使他走火入魔了，但也是摄影让他找回了自信和尊严。

"他的相机里既记录着美好和光明，也暗藏着这个世界的丑陋和罪恶。"黄瑛说，"总有一天，他会连自己一起被黑暗的相机吞噬。"

是的，我也意识到了，黑洞洞的镜头像一只邪恶的眼睛深不可测，让我们看到的真相也许是事先布置的假象。包括日出，包括残桥的风景。潘京也提醒过我，捕捉美并非摄影师的天职，我们对丑陋的真相更感兴趣。玩摄影一不小心会患上窥视癖，醉心于捕捉一切隐秘，还会产生龌龊甚至邪恶的念头。

潘京每天通过镜头看世界，鬼知道他曾经发现过什么，内心在想什么。

"你们都误解我了，其实我是一个诗人，只是我用相机写诗。每一张照片都是一首诗。"潘京纠正黄瑛，也在启发我。

确实，他有诗人的忧郁和多愁。那段时间，我每次见到他，他都讷讷地说，我的灵魂丢了。

看上去他的样子很失落，也很痛苦，不像是矫揉造作。

我不知道如何减轻他的症状，对灵魂丢失我束手无策。如果灵魂是一只猫或一条狗，作为兄弟，我会连夜帮他把它找回来。但它不是。

有一天晚上，潘京一屁股坐在我家客厅的沙发上，重重地叹息一声，跟我说，他被停职了。昨天竖城日报上的一幅照片得罪了新任县长，是他拍的，被指责拍得不够好，在阳光明媚的剪彩现场县长的脸过于阴沉，几乎是哭丧的脸，像正在酝酿着一场闪电和暴雨。而且，新县长才上任一个月，此类情况已经发生三次了。前两次的照片可不是潘京拍的，却赖到了他的头上，说他心中有恶念，胸中暗藏阴谋，城府比宇宙还深。

我看得出来，他内心十分沮丧甚至绝望。他用右手抓住自己的裤裆抖了抖，从嘴里狠狠地蹦出一个英文单词："Fuck！"

我安慰他，讲了几个段子，直到他破涕为笑。那晚我们喝得大醉。半夜时，我们被惊雷吓醒。闪电穿过玻璃窗，似乎在潘京的脸上狠狠地划了一刀。

潘京惊叫一声，盯着我的脸看："你被闪电割了一刀。"

他仿佛在等待我血流满面，发出一声惨叫。这期间，他用手摸了一下自己的脸，直到确信我们都完好无缺，他才高兴得手舞足蹈。

"我的内心太黑暗了，只有闪电能够照亮！"潘京被自己说出来的话吓了一跳，但确信这话是出自内心深处，是一种破土而出的呼唤，"我要拍摄闪电！捕捉闪电！"

我被他的大胆想法惊吓住了。他却莫名的兴奋和决断："那么多年了，我和闪电之间应该有一个了断。"

潘京用双手拍打自己的脸，长叹一口气："它在等待我拍它的脸，否则它不会多年来像魔鬼一样缠着我。"

我以为潘京是酒后说疯话，但他说到做到，马上抓起相机，破门而去，像一头狼消失在无边的黑暗里。那天晚上，再也没有回来。第二天，他让我去家里看看他昨晚拍的照片。

令我震惊的是，居然是闪电的照片。他拍到了闪电划过夜空的瞬间，明亮得像天体爆炸。原来，在深不见底的黑暗里，闪电是如此漂亮，也像一根火柴照亮了黑夜。

"我们都误解了闪电。"潘京说。

潘京误解了我。在此之前，我从没有向黄瑛表达过爱意。发乎情止乎礼，君子有所为有所不为，我断没有勾引黄瑛之念头。可是黄瑛主动向潘京敞开了心扉，说她爱上了我。我的那本厚厚的日记本里每一行文字都像闪电一样击中了她，点燃了她，让她迷糊了，让她明白了人生的真谛，哭得稀里哗啦。她觉得我的人生充满了故事和悬念，我的灵魂干净无邪且妙趣横生，而她的灵魂为此坠入了深渊陷入了泥潭困在黑暗里，只有我才能让她起死回生。"而且，我才是你的灵魂伴侣。"黄瑛对我说，"爱情像闪电，错过了就没有了。"我和黄瑛以为潘京会大闹一番，我也做好被他斥责、嘲笑甚至扇耳光的准备，想不到他却哈哈大笑说，自由了，太好了！太爽了！没有比自由更好的事情，就像用最后的一张胶卷拍到了世间最美的风景。看他那副如释重负的样子，犹如死里逃生，我想他在婚姻的泥潭里挣扎有些年头了。

事态发展得异常迅速，还没等我反应过来，他们已经办完离婚手续。

我去找潘京的时候，他正在家里把所有的照片，包括墙上的大师作品，还有胶卷底片，全部堆放在一只铁桶里，火苗正旺，他不断往火堆里扔照片。

他不向我解释。只是告诉我，这些照片跟闪电照片比，根本不值一提。就是垃圾！

灰烬越来越厚。美好的旧事物正在消失。那些他曾经历尽千辛万苦得来的照片已经化为一缕缕青烟。

他对摄影突然开窍，有了大彻大悟的理解，但我不认同，像一个读书人烧掉所有的书是不可以原谅的。黄瑛不仅没有阻止他，还在一旁往火桶里添加相片。当黄瑛将自己那张心爱的"完美照片"端详了一会儿，最后扔进火中的时候，我以为潘京会从火中捡起来，但他用另一沓照片覆盖了它。

火光照亮了他们的脸，都显得神秘而诡异，似乎我是局外人，不知道烧的是什么，为什么烧。火烟把我们呛得直咳，根本顾不上说话。

直到照片烧完我们也再没有说话。

潘京离婚后便搬到了一个朋友的家里住。在水街，也是老房子了。朋友出国了，房子空着。我和黄瑛一起帮他收拾东西，一起送他到朋友家里，三个人还一起搞卫生，换窗帘，疏通年久失修的马桶。趁黄瑛在卧室里帮他换床罩之机，我们在客厅进行了短暂的交谈。

"你似乎忘记你的使命了。"潘京说。

我装作莫名其妙。

"我早看出来了，你是暗访的记者，我们是同行。"潘京说，"我也一直在暗访这个操蛋的人间。"

我问他什么时候看出来的，他说在我习惯性翻他的底片的时候。在他家，我对一堆乱七八糟的底片感兴趣，他看得出来我想通过他的底片发现什么秘密。其实，一开始他就怀疑我是记者了，只是同行识破不说破而已。

我没有辩解。

"你在找化工厂排污的证据。"潘京说。

我只能坦白承认，并且时间过去六个多月了，一直没有发现关键的证据，厌倦了，想放弃了。

"那是因为你被爱情冲昏了头脑。"潘京说。

是的，彼时我和黄瑛的关系进展非常迅速，已经到了谈婚论嫁的地步。黄国安也认可了我们的婚事，他觉得我虽然没有什么长处，也没有让他值得期待的前途，但有一点是可以肯定的，那就是觉得我比潘京好。

潘京离婚后我和他有过一次也是唯一的一次短暂的外出。那天傍晚，实际上天色已经很暗了，遇上了雷电天气。他领着我最后一次来到了残桥边，在最熟悉的地方搭了一个简易帐篷，刚架好相机，第一道闪电便划过了长空，劈开厚厚的云层，照亮了漆黑的天空。还因为断电，看不到人间的一丝光亮。这是拍摄闪电的最好时机。潘京压制着内心的兴奋，不至过于激动，熟练地指挥着我，指导着我如何抓拍闪电。我们的相机选取了一个绝妙的角度，斜对着天空，又对着残桥，等待闪电的再次燃烧。一切准备就绪。

又一道闪电！

我们几乎同时按下了快门。

潘京兴奋得尖叫起来。一点儿也看不出他曾经那么畏惧闪电。每按一次快门，他都朝天空狠狠地挥一挥手，像要划出另一道闪电来。如果他足够敏感，应该看得出来我从没有如此兴奋、开心过。我们兴奋得甚至忽视了暴雨的到来。

那天傍晚，闪电一共出现了二十八次。我像活了二十八辈子。

还没有等到复职，潘京便离开了竖城。黄瑛说他携款潜逃了，不知道去了哪里。哪来的款？我好奇。黄瑛欲言又止，最终没有说。我对潘京的不辞而别感到不爽，但他给我留下了一张照片。是我拍的，他冲洗出来了。就是那天傍晚我们拍摄闪电的成果。这张照片角度、构图和光线都很好，不仅将残桥和江面拍得很清晰，还拍到了闪电最炫目最完整的时刻，画面太美太酷了。

潘京在照片的背面留下了一行用铅笔写的文字：放大仔细看残桥下的江面！

我用放大镜反复看，终于发现残桥底下的江心位置有一股冒出来的黄色水泡。我明白了。原来它一直在我的眼皮底下，只是被我忽视了。但如果没有暴雨，没有闪电，我再搜寻千百遍也不会觉察。

我顺藤摸瓜终于找到了化工厂非法排污的确凿证据，

但我沉住气，不声张，准备回到报社后做一个深度报道，也把此事办成"铁案"，让竖城有关方面措手不及，让阙崇才见鬼去。

离开竖城前，黄瑛说，她父亲黄国安想见见我。我以为他要跟我谈与黄瑛的婚事，怕夜长梦多，耽误她的剩余不多的青春，便去见他。但是，他什么也没有说，只给我一张便条，上面是一个地址：江滨路178号。他让我去见一个人。

我坚持要先知道此人是谁才去见。黄国安叹息一声说，你们家的仇人，阙崇才，他想跟你谈谈。

这样的情况我见多了。无非就是要用钱收买我，或威胁我，或找人向我施压。我不想见他。黄国安说，你应该看一眼仇人临死前的样子，否则难解心头之恨。

黄瑛在我的耳边加了注释："阙崇才是癌症晚期了，一个即将被闪电收走的人。"

第二天早上，我推开了江滨路178号的门。这是一幢外表普通室内装修奢华的别墅。汉白玉、红木雕刻随处可见，每一件东西都让我惊叹。

屋子里冷冷清清，阴冷而寂静，缺乏人间烟火的气息。我被一个貌似用人的中年男人引进了二楼一个靠后的小客厅。他给我端上了茶水，让我先坐等一会儿。

我快等得不耐烦的时候，一个女人从侧门走了出来，衣着华丽，气质高雅，仿佛是电视里才有的贵妇，但很面熟。

没错，是我母亲，已经十六年不见的母亲。我措手不及，本能地站起来，惊讶得不知道说什么，要转身逃之夭夭，但她叫住了我。

她让我坐下来聊聊。她对我也显得陌生、拘谨。

"既然来了，我们聊聊吧。"她说。

我说："我已经想到了这个可能性，但断然不敢相信是真的。"

那天在黄国安家里看到她和宋桃的合影，我脑海里翻江倒海，想到了父亲、母亲和阙崇才之间的一百种可能，但人心的险恶超越了我的想象。这是相机捕捉不到的秘密和黑暗。

"一切都是真的，一切也都是虚的。这十六年，我几乎没有离开过这幢别墅，连门也没有出过。我为阙崇才生了三个孩子，都是在家里生的。我愿意这样。"母亲说，"但我知道外面发生的所有事情。包括你和你爸的事情。还有，你暗访阙崇才的化工厂，找到了违法证据，你终于可以报仇了……"

我说："我不是报仇，是伸张正义。我没有那么狭隘。"

母亲说："一切都有因果，阙崇才也想到了这一天。我想和你聊聊他坎坷的一生，他也做过许多善事……"

此时，一个坐着轮椅的老女人自己摇着轮椅进来了，脸上堆满了善良的笑容，问母亲："是你儿子？"

母亲冷冷地回答说："是的，大儿子。"

那女人说："你真有福气，有四个儿子。"

然后朝我笑了笑说："你妈经常唠叨你。"说完便转身走了，一切都那么风轻云淡，习以为常。

我问母亲："她是谁？"

母亲说："是阙崇才的老婆。"

我问："那你是谁？"

母亲说："我是阙崇才的另一个老婆。"

荣华富贵有那么重要吗？我想替父亲也为自己质问

她，但一想到这是一个幼稚至极的问题，便没有说出嘴。我们陷入了剑拔弩张的长时间沉默，像漆黑的天空需要一道闪电来划破它的黑暗。

母亲说："潘京老早就知道一切，他也因此得到了想要的东西。"

我说："那么，潘京的父亲并不是什么伐木工，而是陷害我爸的帮凶。我的猜测对不对？"

母亲说："他是伐木工的包工头，也不是什么好人，他霸占宋桃，宋桃给他生了一个儿子，而宋桃喜欢的人是黄国安，她跟你爸走是因为她要替'伐木工'赎罪，也算是一种补偿。宋桃本来会成为一个好后妈……"

我说："好吧，不谈宋……我们谈谈阙崇才。"

母亲说："等一会儿我们再谈阙崇才，我们先说伐木工的儿子潘京，他从阙崇才这里勒索了一笔巨款，远走高飞，现在在美国……"

我愤怒了。作为一个深度调查记者，我竟然对人间的真相一无所知，我对自己的肤浅不察感到羞耻。母亲的表情一直很平静，仿佛是在讲述别人的故事。我的内心雷电交加，激愤到了极点。门外传来一个男人虚弱但粗鲁的声音，是呵斥用人的。肯定是我从没见过的阙崇才。我不想见到那张会让我憎恨和厌恶的脸，把茶杯掷在地上，夺门而出，飞奔而去，开车离开竖城，我连背影也不给阙崇才看到。

我的车在黑暗的高速公路上行驶。即使打开大灯也看不见前方的路，但我不管不顾，加大油门，要与该死的黑暗决一死战。

潘京在电话那头安静下来了，小心翼翼地问我："你还在听吗？"

我说："在听……我刚从阙崇才家里出来。"

潘京沉默了一会儿才说："你信吗？我看到了我父亲，在闪电里。他的脸在云端上跟着闪电灵光乍现，被我捕捉到了，没什么，他只是长胖了。"

我说："挺好。"

"我爸是被逼的……他被闪电要挟，他后悔了，没脸见人，所以跟随闪电走了……他不是被闪电掳走的，是自愿，他自投罗网，他必须换个地方生存。我看到了他内疚的样子。"

我信。

"你在闪电里看到了什么？"潘京问，"能看到你父亲吗？"

我说："看到了，我父亲也长胖了。他在闪电里过得好好的。"

"宇宙万物，世间百态，一切都是被安排好了的。"潘京说，"总有一天我们在闪电里也能看到自己的影子。"

我无言反驳。我说："幸好有闪电……"

潘京也说："幸好有闪电……"

前面是巨大的黑暗和雨幕。我紧紧地抓住方向盘，此刻我真有点害怕被闪电误抓，神不知鬼不觉地消失在宇宙深处。

"闪电击中自由女神！"潘京仍在我耳边喃喃道。

电话那头的声音越来越弱，最后什么也听不到。然而，我头顶上的闪电越来越明亮，越来越炫目，像一把利剑劈向黑茫茫的大地，剑锋直指竖城阙宅，它肯定要击中什么。

○ 夜泳失踪者

惠江穿过塔城，有一段十分开阔的水面，一年四季都吸引着一大批泳者。他们往往从左岸三号码头下水，熙熙攘攘，如过江之鲫，朝对岸游去。各种游姿都有，快慢不一，一只只晃动的脑袋在江面上就像是蓝色衬衣上的黑污点，船舶经过时，也没能惊吓到他们。到了对岸，大部分泳者会歇一会儿便原路返回，只有少数从对岸离开。早年，相对此岸的繁华热闹，对岸还是比较荒凉落寞的，还没有多少楼房，竹木茂盛，暗藏着许多鸟兽。此岸的人乘船到彼岸，是为了种地；彼岸的人从码头上来，是为了卖掉随身带过来的鸡鸭、青菜、瓜果，或者找点活干。近些年，彼岸的楼房多了起来，连接两岸的桥梁建得越来越多，竟显得有些拥挤了。

去往三号码头，必经崇仁阁。

崇仁阁是民国时期桂系军阀高级将领商议军机大事的森严之地。当年三号码头是军用码头，也是高级官员及其家眷出行和上岸的特权码头。三号码头被废弃是近十几年的事情，因为出入惠江的船舶越来越少，也因为崇仁阁周边已经成为繁华地段，码头和车站都显得不合时宜。在樊湘当上塔城博物馆馆长之前，崇仁阁便已经是文物了，是塔城的一个旅游景点，归博物馆管，但愿意买门票进来瞧瞧的人不多，后来出租，被改为棋牌活动场所，结果那点租金都不够维修费的零头。樊湘当了馆长后，第一件事就是把崇仁阁租给了肥荣，门口多挂了一块牌子：肥荣湘菜馆。樊湘上大学之前一直是衡阳人。此地粤菜是主流，好辣者寡。此馆不宽敞，客流量不大，来吃饭的只是湘菜爱好者。不张扬，不高调，主要是为樊馆长提供了一个呼朋唤友的高雅场所，让樊馆长脸上有光，朋友更多，口碑更好。铁打的饭馆，流水的客，能有幸经常成为他的座上宾的，老贺算一个，老潘算一个，我也算一个，其他陪吃的川流不息我们都记不清楚。至于流水席上的各色人等连樊馆长也未必认得全，朋友的朋友的朋友，坐下来，喝过几杯便走，空下的座位又换了其他更陌生的人，谁记得住呀。但老贺算是从流水席上留下来的人，留下来便不走了。开始我们并不相识，世界上本来没有朋友，在一起喝多了便成了朋友。瘦竹竿老贺年轻时曾在省游泳队待过，起初惊艳一时，参加过奥运会预选赛，后来泯然众人矣，退役后在塔城体校当游泳教练；秃顶老潘体态肥胖，在塔城文化馆上班，管理几间出租铺面，闲得心慌，是糖尿病患者。他说当年带樊馆长到东莞逛过窑子，但樊馆长从来都是断然否认："我跟樊湘是大学同学，还曾经在塔城博物馆同事五年。"每天上班，樊湘必双手捧着泡着黑枸杞的保温杯低着头走到我的办公室门口，瞧一瞧四下无人，然后才昂起头走进来，把保温杯往我的桌面上狠狠地一放："给我来根烟。"他不好烟，只有到了我的办公室才抽烟。而我的烟专为他准备，我从不抽。

"到底什么时候我们才能主政市政府？我们总不能活活憋死在博物馆吧？"

我安慰他，对一切事情都要有耐心。

大学的时候，樊湘风流倜傥，才华横溢，自称出则能为将入则可为相。诚如斯言，他确实不是庸俗之辈，在塔城博物馆这些年，他从对文物一窍不通迅速成长为塔城最博学最权威的文物专家，文物鉴别能力无人出其右，五米之外便能判断一件古董的真伪和年代。博物馆这个池子太小了，养不了这么大的鱼。可是，我们像是被混凝土密封后深埋地下的金子，无处发光，没人发现。一年后，直到我的表哥当了图书馆馆长，在我再三恳求后才把我调到了图书馆。

"图书馆也比博物馆好！文物是死的，图书是活的，我要跟活的东西待在一起。"樊湘说，"成不了伟人，我也要站立成图书馆的样子。"

樊湘想调到图书馆，做学问，写书，流芳后世。他搬用博尔赫斯的名言"天堂或许就是图书馆的样子"证实自己对图书馆的无限向往。塔城博物馆没有几件值钱的东西，除了那件谢布衣的画《惠江夜泳图》。谢布衣是桂系头目黄绍竑早年的幕僚和侍奉，我们常常吃饭的包厢正是当年谢布衣的寝室，谢跟随黄的时间很短，也很低调，所以名不见经传。但他的画曾受到于右任的激赏，愿意以千金换之。但谢布衣从不卖画，也不与人交换，画完即塞进床底。桂系溃败后，塔城很快被解放。谢布衣一把火将他的画烧了，然后躲进深山，耕田读书，不与外人交往，再也没有人见过他。但烧画的时候，看到跟随他多年的书童在一旁落泪，他觉得愧对书童，从火堆里抽出几张画塞给书童，权当补偿。现在塔城博物馆里仅存的一件谢布衣真迹《惠江夜泳图》就是书童的后人捐献的。世界上还有一幅谢布衣的画《空山隐居图》，在台北故宫博物馆，是当年于右任向谢布衣要走的。早在上世纪八十年代，一名台商来到塔城，愿意出三十万元人民币买走谢布衣的《惠江夜泳图》。彼时，塔城的万元户还不够一百户。五年前，有一个日本人愿意出价一千五百万，市政府心动了，卖掉一幅画可以修建一条三十米宽的穿城马路，促进招商引资。但最后因一批退休老干部联名反对，卖画之事便搁置起来了。省博物馆多次来函想"借走"谢布衣的画，都被拒绝了。樊湘喜欢钻研学问，考究古钱币、古码头、疍家人等等，图书馆是清静之地，真适合樊湘。我向表哥推荐了樊湘，并且一起喝了酒，向表哥递了两条香烟，一切将会水到渠成。

但是，几天后，新任市长到博物馆视察，会上博物馆长向市长要经费修缮崇仁阁。市长不仅没有答应，还建议把崇仁阁拆了，搞商楼。座中无人敢反对，只有热烈的附和，眼看此事便定下来了，樊湘拍案而起，力陈崇仁阁不能拆之理由，跟市长吵了起来，博物馆长叫人将樊湘架出去，会议不欢而散。拆崇仁阁之事便不了了之。但樊湘调动工作之事便胎死腹中，他也被打入冷宫。此后十年，樊湘一直被安排在博物馆文物科，孤独而绝望地修补文物。有一天他发现自己突然老了，一辈子就将这样过完，心里感到虚无而哀伤。

"我现在成了谢布衣，自绝于尘世，终于活成了一件无人问津的文物。"樊湘说。

他的工作室在博物馆最偏僻的角落，窗外爬满了常青藤，潮湿而阴冷。幽暗的室内只有他一个人，堆满了报纸和快餐盒，地板上杂草丛生，桌子和椅子的腿长满了蘑菇。勤快的蚂蚁从他的抽屉到墙角建立起了漫长的运输线。趁他上厕所的间隙，成群结队的老鼠经常爬上他的咖啡杯抢舔几口。博物馆一日，人间已一年。十年间，换了多少茬市长、博物馆馆长，樊湘说不知道。他确实不关心。他只关心自己修补了多少件文物，有多少文物没有修补。对于自己的前途命运，对世间的不公平和非正义，他也不再生气。唯一令他生气的是，早年经他修补过的文物几年后又回到自己的手上，又破了，又得重新修补了。周而复始，这让他很绝望。

"不著书立说？"我不止一次鼓励樊湘有空写几本书，留于后世，证明曾经存活过。

"不了。我早已经把自己当成了一件没列入保护范畴的文物。"樊湘说。

有时候，我悄无声息地推开他的工作室的门，看到他坐在一张明式靠椅上猫着腰对着文物，双手搁在桌面上，全身一动不动的，像僵死多时了似的。我给他的空杯里续上热咖啡，他闻到了气味，才复活过来。幸好，十年间，他结了婚。姑娘是我介绍给他的，图书馆的管理员，算不上漂亮，是贤惠型的。她没有嫌弃樊湘的穷酸和酸腐，给他生了一个女儿。

"我女儿太可爱了，她是我续命的药。"樊湘说。他女儿称我为干爸，真的可爱，而且很漂亮，三岁了，舞蹈、唱歌、画画、游泳……都很精通。樊湘把女儿宠成了镇宅之宝。

"她给了我整个世界，而我什么也给不了她。"樊湘谈到女儿时总是很自责、羞愧，仿佛他欠了女儿一大笔高利贷，我们都善意地提醒他，不要溺爱孩子。

"你们不懂！"他回击我们。

有一天，市长、陌生的闵市长来到博物馆视察，在谢布衣真迹《惠江夜泳图》前驻足良久，像一个真正的行家在品鉴宝物。

"我研究过谢布衣。一个高洁之士，代表塔城的风骨。"闵市长说，"要举全市之力保护好他的《惠江夜泳图》真迹。"

樊湘听闵市长说话的声音是颤抖的，说明他激动，而且是认真的。

闵市长转身问馆长："你知道谢布衣生命最后几年在哪隐居？"

馆长答不上来，笑道："这是一个永远的谜。市志上说是 1950 年春某日，政府派人到谢布衣家里接他到政府开会。会后的当天晚上，谢布衣看惠江春潮浩荡，心情大好，临时起意，夜游惠江，从对岸乘鹤而去，从此遁入深山，再也没有露面。这是学界的定论了。"

闵市长说："世间哪有什么一成不变的东西？你们要做研究呀，其中有大学问，你们要有新发现。"

樊湘突然从人群里站出来对闵市长说："我知道……"

闵市长惊喜地说："你说一下，谢布衣魂归何处？"

闵市长矮胖，脑袋大且圆，嘴唇很厚，和蔼可亲，看得出来是一个善于倾听的智者。

樊湘说："他没有隐居。他死于惠江夜泅。那天从家里出来，在惠江三号码头的杂草丛中一直孤坐到夜深人静，然后跳入江中，欲神不知鬼不觉地泅渡到对岸，结果很快便被江水淹没，没有人知道他死了。我们都以为他隐身于尘世而不露痕迹。"

闵市长十分好奇，还有几分谦虚的疑惑："你如何得知？"

樊湘回答："这是我多年研究出来的新成果。"

闵市长说："我倒想找时间专门听你说说。"

第二天，樊湘抱着一卷图纸之类的东西谎称自己是惠江水利工程的设计师，骗过了安保人员，闯进了市长办公室……一个月后他被任命为博物馆常务副馆长，几个月后当上了馆长。这种火箭般的提拔速度让人吃惊，但我不吃惊。因为我觉得樊湘有能力当好馆长。他只是被埋没了多年。我好奇的是，他是怎样打动了市长，让自己一步升天？

答案跟我猜想的一模一样。他给闵市长送去了谢布衣的《惠江夜泳图》。

"我告诉闵市长，只要不挂出来，没有人知道谢布衣的真迹在你的手里。"樊湘说。

博物馆里的镇馆之宝不翼而飞，闵市长不担心东窗事发？

"我还告诉闵市长，在博物馆里展出的是赝品，除了我，没有人看得出真伪。"樊湘自信地说。他在修补的时候用赝品换了真迹，赝品没有一点破绽。这是他十年练成的功夫。只要给他足够的时间和诱惑，哪怕让他弄一幅《清明上河图》，他也能做到。

尽管我跟樊湘的感情久经考验，坚如磐石，但看得出来，樊湘还是后悔告诉我那么多。我再三向他保证，决不会把真相泄露出去。否则，天打雷劈。

"兄弟，一荣俱荣，一损俱损。"樊湘语重心长地对我说，"今后，跟着我吃香喝辣。"

我还好奇的是，真的如樊湘所说，谢布衣夜泅惠江溺水而亡，死得神鬼不知？

樊湘把嘴巴塞进我的耳朵里，悄声地说："瞎扯的。但一切皆有可能。"

"你骗不了闵市长。"我说。

"越装作懂行，其实越是不懂。闵市长就是这样。"樊湘说，"古人的东西，谁都别装懂。我也差得远呢。"

樊湘得意地告诉我，闵市长经常请他到政府办公室谈论谢布衣。闵市长对谢布衣也是有研究的，樊湘骗不了他。但樊湘也明白，闵市长所知道的谢布衣的逸事也只是传说，纯属猜测，是乡野闲人茶余饭后编的，以讹传讹，没有史料依据，未经考证，樊湘和闵市长正好找到了一个共同的志趣：用野史和传说，更多地发挥他们的想象力，添枝加叶，使谢布衣的形象更加丰满。于是，闵市长经常在会上说起谢布衣，并借用樊湘的口使得他嘴里的谢布衣更有说服力："据樊湘考据和推测，谢布衣……"

因为谢布衣，樊湘毁誉参半。有人佩服他学富五车，有人骂他信口雌黄。反正，樊湘很快成了塔城的名人。

当上博物馆馆长后，樊湘摇身变了一个人似的，一改过去畏首畏尾、穷酸吝啬的形象，变得干脆利索、慷慨大方，举手投足间有了官威，穿着打扮有了派头，让人肃然，也让我等刮目相看，尽管我们都明白，此职务并无多大权力，但他能经常让我们吃香喝辣，人生仿佛顿时有趣了许多。

"我手里没有什么值钱的东西可以送领导了，我的官阶也到此为止了，但我知足啦，认命啦。"樊湘说。

樊湘无时不显知足常乐、听天由命之态。我们四人之所以老在一起，不是因为吃香喝辣，也不是因为怀才不遇、人生碌碌无为而同病相怜，而是我们都是夜泳爱好者。

只是，夜泳前我们聚在一起吃饭。

跟樊湘吃饭，几乎就只是吃饭，不抽烟，不喝酒，就几个菜，主打是小炒土猪肉、半肥瘦红烧肉、炸田鸡、河鱼炆豆腐，简便节俭，不腐败，甚至谈不上吃香喝辣。樊湘签单，签单前他非常仔细地单核每一项明细，有时候会跟服务员抠到纸巾、茶水的费用："你们要实事求是，不要多算我一分钱！"但我们都知道，老板不会真向他要账。饭后一壶滇红，休息半小时，外面的喧嚣消失了，连路灯都亮得有些疲惫了，我们便换泳衣，做几分钟热身运动。有时候，年轻的服务员例行给樊馆长按摩一下肩背，拍打一下手臂，像亲人一样体贴地叮嘱他"黑咕隆咚的，江里要小心"。樊馆长回答一声"好哩"，便扭动着像水獭一般肥硕油腻的腰，跟我们走出崇仁阁，走向三号码头，在夜色中缓缓投到惠江的怀里。

每次下水后，扑入水中前，樊湘总要站立两三分钟，弄一个简短的仪式。面对浩渺的江水，双手合十，闭目凝神，嘴里喃喃有词。词是多年前一个瑶山法师授给他的。我们从来都听不懂他的词，他也不解释，我们只是跟在他身后，他扑水，我们也扑水，他游最前面，我们像小鸭子跟随母鸭一样，在江里扑腾。夜泳的乐趣只有夜泳者知道，像登山之于攀登者。

相对于白天或傍晚的泳者，夜泳的人并不多，每天晚上这个时间点仍在横渡惠江的泳者最多不会超出二十来人，有的是从此岸到彼岸，有的刚好相反。江面漆黑，世界寂静，夜泳总显得格外孤独和悲壮，像草原上夜游的狼。正因为如此，夜泳者途中相遇，不管认识不认识，甚至看不清对方的面目，总是要打声招呼：兄弟，游得好。对方会回答：加油。然后擦肩而过，江水滔滔，各自安好。

我甚至记不起是从哪时开始爱上夜泳的。因为白天太忙，忙于工作和工作之余的小本生意，我到晚上才有空。也不是晚上便有空，只是医生说我的腰椎病和颈椎病，还有不算太严重的肩周炎，靠药物和理疗都难根治，最有效的办法是游泳。经过一段时间的游泳锻炼，上述毛病果然有很大改善。于是我爱上游泳。在塔城，樊湘领着我和老潘参加过无数饭局，见识过无数人，交了无数酒友，最后都烟消云散，只剩下为数不多的游泳爱好者。在那些饭局上，开始，樊湘和我永远都是坐在最次要的位置。樊湘小心翼翼，自始至终脸上都洋溢着谦卑得近乎奴相的笑容，宴会将散，如果有剩菜余酒，他们总强劝，于是老潘把剩菜吃完，我和樊湘把余酒喝光。我们总担心有一天，我和樊湘醉死在回家的路上，而老潘则撑死在卫生间里。后来，樊馆长再也没有那么谦卑，敢于坐C位，敢于高谈阔论，把整个饭局变成谢布衣的逸事宣讲会。老贺有严重的胃病，是在省游泳队时落下的病根，喝酒很少，菜也吃得少。他跟我们也没有什么过深的交往，沉默寡言，性格有点孤僻，只是游泳技术好，我们需要他，他也需要我们。樊湘是我带他进来的，在大学时，他喜欢在游泳池里跟女生比速度，比耐力，虽然老是输，但他仍然深受女生喜欢。工作后，他不喜欢下水了。他郁郁不得志时，我陪他下过围棋，陪他爬过山，甚至陪他在江边钓过鱼。有一次，我跟他说，我们去游泳吧，横渡惠江，惠江对岸还可能有艳遇。他听从我的怂恿，开始下水，试图从游泳中找回失去的青春，扭转命运。真巧，自从樊湘开始横渡惠江，精神状态就焕然一新，运气像蜜蜂一样在他的头顶盘旋，一切有了起色，处境越来越好。他笃信，是惠江带给他好运。我说，不对，好运是谢布衣带来的。樊湘瞪了我一眼，警醒我不要胡言乱语。我说四下无人，所有的秘密都消失在空气中。

我们四人中，游得最差、最让人不放心的是樊湘，技术不行，体力也不行，经验不足，有勇无谋。刚开始夜泳时，下水还得拖一只汽车轮胎般大的救生圈，以防万一。他确实遇过几次险，一次是被鱼网缠腿，一次是遇到了江水暴涨惊惶失措，一次是体力不支，还有一次是心脏突然不适，每次都借助救生圈才转危为安。但经过一年多的锻炼，他的技术和体能都提高很多，一年后再也没有借助过那圈。但他仍把救生圈拖着，因为他把圈当成后勤补给，在圈上拖着保温杯，杯里泡着黑枸杞、西洋参，还拖着密封防水的干粮饼、玉米糖果……我们不放心，跟随在他的身后。还好，虽然游得慢，但他游得很稳，再也没有出过意外，而且比我们还有韧性。到了对岸，过去我们总得在兴邦茶庄喝上半壶茶，休息半个小时，确信不会有什么艳遇了才回头。今年以来，樊湘最多在岸上抽一根烟，便往回游。一个来回，刚好两个小时，在崇仁阁换上衣服。如果是冬天，服务员会给我们端来炭火，我们烤一会儿身子，吃过滚烫的姜粥，然后各回各家。樊湘心脏不太正常，他老婆不让他下江游泳，并以离婚相威胁，甚至搬来七十岁的老母亲苦口婆心劝他，都没能成功。他听他女儿的。老婆让女儿劝他。但女儿说，我爸如果不游泳，早就挂掉了。女儿说的是对的。每周两次夜泳，无论冬夏，除非出差在外，无法更改。我们成为惠江著名的夜泳四君子。惠江晚报曾经采访报道过我们，问我们为什么夜泳？我们的回答都不一样，报道时采用了樊湘的答案：因为黑夜中的惠江充满了诗意，也弥漫着死亡的气味。

在夜泳中，我们很少说话，尤其忌谈工作和是非。夜泳不是搞阴谋诡计，不是密谋造反，而是一个人远离尘世纷扰、排除内心杂念安静地享受孤独的过程，是思考人生的过程，是体验江河浩荡、夜空浩渺的过程，是与黑夜、死神无声对话的过程……这样的过程，非此时此境不能体味。樊湘叮嘱过，除非喊救命，否则请勿交谈。游到江的中央，有急流漩涡，阻力更大，费更多力气，是最累的。尤其是有一段，因为挖沙留下的坑众多，暗流汹涌、漩涡不规则，像是惠江的眼窝，特别凶险，被称为"死亡之眼"。近年来，几乎每年都有泳者在这段江水遇难，大多数泳者都避开这一段，宁愿绕一个大弯，多游几百米。但樊湘从不回避，每次都要带领我们穿越"死亡之眼"。那是我们孜孜以求的劫后余生的独特快感，也是一种嗜好。

后来，我们在江里回头发现，身后的跟随者越来越多，无数的脑袋在漆黑的江面上浮动，像一颗颗小蝌蚪。他们就若即若离地跟随着我们，我们成为领头的。樊湘很得意，仿佛自己成了叱咤风云的上将军。

樊湘看上去真像一个上将军，气宇轩昂，威严寡言，前呼后拥的人令他厌烦，他一次又一次地对那些人说，在他夜泳时，谁也不要来打扰他。后来，为了躲避跟随者，我们推迟了下水的时间，等喧闹结束我们才开始。因此，我们离黑夜更近，离死寂更近。

夜泳时，繁星低垂窃语，江水轻拍吾身，隔绝两岸喧嚣，独自挥臂前行，我曾经这样想，所谓岁月静好就是这个样子吧。时光如斯水，站在岸上的人只会叹息流逝之快，在水里的人才不会发出如此感慨，因为对泳者来说，水是从身体里侧穿过，水就是身体和生命的一部分，体验自己的生命在流逝是多么惬意的事情！这是活着的证据和意义。岸上的人怎么能懂呢？

然而，我们都是岸上的人。都是尘世中千千万万个庸人中的一个。直到有一天，我发现老贺不是一个庸人，至少他不甘于做一个庸人。这一天夜里，他彻底消失了。

这天夜里，我们从彼岸返回此岸时比往常晚了一点，也更安静一些。往常都是老潘最后一个上岸，他游得稍慢。但晚也只是晚十来分钟，我们都在三号码头等他，然后一起回崇仁阁。但这次老潘已经上岸了，却不见老贺。老贺不至于最后一个上岸呀。他游得比谁都快。他明明已经跟我们一起穿越了"死亡之眼"的呀。穿越时，他还跟我们开了一句玩笑："刚才我看到了谢布衣，就在水里，他朝着我笑。"樊湘朝他回了一句："你不适合谈论谢布衣，请勿附庸风雅！"此后老贺不说话了。我们都没有说话，只有流水的声音，当然，还有夜色的重量。夜色将江面压得很平坦，像高速公路一样。

老贺没有上岸，我们开始有些忐忑，樊湘想要根烟，但我们都没带烟。估计是老贺贪恋江里的舒服，故意拖延时间上岸，我们等他。大家盯着江水，沉默不语。老潘意识到有点反常，他说江水好像在倒流。

"胡说什么呀？你是不是脑子装满水了？"樊湘骂老潘。

但樊湘盯着江水看了一会儿，不言语了。

经老潘一说，我们都觉得江水在倒流。我们走了几步问一个垂钓的人："你有没有觉得江水在倒流？"

垂钓的人戴着草帽，我们看不清他的脸。他也不看我们，好一会儿他才对着江水回答说："水在天上，天在水里。哪有什么倒流不倒流？"

我们离开垂钓的人，开始担心老贺。

垂钓的人说，你们是不是在找你的同伴？

我们说是的。

垂钓的人说，他随江水走了，像一条鱼。

垂钓的人言之凿凿，我们大惊。

我们本能地沿江下游跑，只要我们跑得快，应该还能追得上老贺。垂钓的人说，你们应该往上游跑才对。我们想了想，对呀。便掉头往上游跑。好一会儿，我们才意识到被垂钓的人戏弄了。实际上是我们一时惊惶失措了。

折腾了一夜，我们没有找到老贺。老贺失踪了。我们报了警。水警的船在江面上来回巡了几回，一无所得，还埋怨我们半夜三更的在江里游什么呀！

我们不敢回家，坐在三号码头等老贺。天亮了，很多人围观我们，看我们的热闹。樊湘一直在唠叨，寻根问底问自己：究竟在哪里丢了老贺。如果不是我和老潘拼命拉住他，他要跳进江里去找老贺。那样太危险了，不能那样。一直到中午，太阳把我们晒得快干了，才传来一条消息：老贺出现了。

我们在上游的一条渔船上看到了他。

一条逆流而上的渔船收网的时候发现了老贺被困在鱼网里，像一条绝望的鱼。老贺的老婆抱着老贺僵硬的尸体哭，但我们都觉得她表演得过于悲伤了。因为我们都知道老贺夫妻一直在闹离婚，最近闹得最凶，老贺都快崩溃了。老贺说，她在外面有人，她主动要求离婚。老贺不同意，因为爱情。老贺爱老婆，很爱那种。我们见过他老婆，瘦瘦的，身材还可以，但属于身长腿短那种，脸有点长，关键是脸上长老年斑了，脾气还很火爆。有一次她把老贺堵在三号码头，不让他下水，因为她等不及了，要老贺答应她明天去办离婚手续。老贺低声下气地说，我们不离好不好？除了离婚，我什么都可以答应你，好嘛。老贺老婆不肯，说不能这样浪费时间，她迫不及待要搬到另一个男人的家里去，不能等了，再等下去，别的女人就取而代之了。当时樊湘劝了几句，结果被她怒怼回去："你懂什么！你带着我家老贺躲到江里，究竟想逃避什么？"樊湘不再劝。老贺满脸羞愧和哀伤，一头扎进江里，像一条鲈鱼消失了。一个游水游得那么好的男人应该被尊重。我们最不理解的就是老贺为什么放不下一个不爱他的女人。我们甚至有些鄙视他。

"你们不懂的。"老贺对我们说。

是的，我发现，在这个世界上，永远理解不了除了自己之外的所有东西。各有各的秘密，各有各的活法。惠江和黑夜给予了我们很多独自思考的机会，应该说，我们都抓住了机会。看来老贺比我们都想得透彻，甚至我们都想请老贺解答一些人生困惑。

可是老贺已经死了。被淹死了。

老贺一死，惠江夜泳的人突然灭绝了。我和老潘、樊湘暂停了下水。主要不是因为沉浸在老贺意外溺亡的悲伤中，也不是因为汹涌的流言蜚语，而是因为樊湘去医院做了心脏搭桥，医生警告他暂停一切剧烈运动。他老婆和女儿一致认为夜泳是剧烈运动，女儿整天跟着他，不给他到江边去。樊湘说，也好，这段时间，把博物馆新损坏的文物修补修补。新来的文物修补工技术太糙，修补文物时简直是雪上加霜，樊湘实在看不下去，得重新返工。老潘也出了事故，那天他吃得太撑了，胃突然爆了，穿了一个孔，幸好抢救及时才逃过一劫。我在图书馆的工作一直那样，清淡寡味，三两天不到办公室也没有人在意，像一本束之高阁的书。业余做的那点生意也一直那样，不死不活。日子像流水一样，根本不在乎我们在干什么，不干什么。奇怪的是，两三个月不游泳，我好像也能过，没觉得缺少什么。过去夜泳是不是过于矫情了？反正我老婆嘲讽我们是"几个矫情的中年油腻男"。

更大的矫情来自春天。春潮来了，惠江更加丰满。江水蛮横，浩浩荡荡，生机勃发，散发着青春和荷尔蒙的气息，对热爱游泳的人充满了诱惑。有一天傍晚，樊湘突然召集我和老潘，到崇仁阁。

“带上泳衣。”他特别叮嘱。

“恢复夜泳？”我在电话里问樊湘。

“是时候了。”樊湘说。

“就我们三人？”我问。

“还是四人。”樊湘说。

我纳闷了。

“老贺留下的空白，有人补上来了。”樊湘说。

“谁呢？”我问。

樊湘说：“别问了，你们都认识。”

到了崇仁阁，我们才知道替补老贺的是闵市长闵新春。

闵市长早早坐在饭桌前，穿着耐克运动服，对我们十
分客气，兴致勃勃，说下水后就是兄弟了请多多关照，且
恳请我们保密，不让更多的人知道他夜泳。我们都保证听
市长的。

樊湘对我们的疑虑进行了必要的解释：闵市长早年也
是游泳健将，在武汉大学读书时曾经参加过横渡长江的活
动，他最大的愿望是横渡琼州海峡。现在，他参加夜泳，

就是为将来横渡琼州海峡做准备。

席间，闵市长喝了不少酒。只他一个人喝。早年就已经习惯下水前必须喝酒，否则游不动，尤其是春潮有寒意，必须借助酒。他不给我们喝，怕酒后游泳给我们增加风险。但他认为自己不会有任何风险。闵市长讲了很多关于早年他游泳的趣事和笑话，其中有关于与女生游泳的段子。我们配合得很好，该笑的时候笑。

"从此我们都是泳友，都是兄弟，谁都不必奉承谁。"闵市长说。

樊湘说都听市长的。闵市长爽朗的笑声给崇仁阁增添了喜庆。

闵市长穿泳衣的样子像企鹅。面朝浩瀚的江水，他领着我们做准备运动，预热，并给我们强调游泳的注意事项，仿佛我们才是第一次参加夜泳的。

"春雨带潮晚来急，野渡无人舟自横。"

闵市长对着江水感叹一声，便首先下水。此时的夜色渐浓，但比过去我们下水的时间提前了。樊湘请闵新春等一会儿，先按常例搞一个简短的仪式。闵新春说，好！

闵市长游泳的姿势像极老贺，一看就知道是受过规范训练的。我们都围在闵市长的身边亦步亦趋，明显是保护他。但他对惠江一点也不陌生，仿佛跟我们夜游过多年，游得很熟练，动作舒展，不紧不慢，游刃有余。只是闵市长喜欢游泳时说话，一边划水，一边说历史。说宋史和明史，这是他的专业。樊湘靠他最近，听得最专注，还不时提问，恰如其分地把话题引向深入。闵市长不仅有智者风范，也有孩童般的天真。反正，一路上他金句迭出，充满了哲学的味道，跟闵市长夜泳，不仅可以增长历史知识，还可以促使我们思考人生。樊湘说，如果早点跟闵市长夜泳，我们也不至于如此浅薄。

春潮袭来的惠江游起来比平常艰难一些，挑战性更大。我们奋力前行。当平安地渡过了"死亡之眼"时，闵市长吐了一口水说：爽！

我们也说爽。

"当年谢布衣从惠江消失的时候，也刚好遇上了春潮。"闵市长对我们说。樊湘说，是的，当时的江面像现在一样，有不少树叶、浮草、垃圾，还有动物的尸体。

在黑暗的江面上，我们一点也不显眼，露出的头颅就像一块块草皮，甚至只像一片片树叶。江水有些冰凉，闵市长的嘴唇变黑了。他游得比较快，节奏把握得不是很好，过了"死亡之眼"后明显露出了疲态。到了对岸，他一屁股坐下来，双手撑地，身子往后仰，大口喘气。

"毕竟是老了。"闵市长感叹说。

我们没有奉承他。我们都老了，不再年轻。这种惆怅不是奉承可以缓解的。

"我们还原路返回吗？"我问。我担心闵市长的体力，如果累了，可以叫车来接走的。他的秘书就在崇仁阁待命。

"不。原路返回。"闵市长很坚决。

休息了好一会儿，我们重新回到江里。

"游泳真好，可以原路返回。"闵市长感慨地说。那时候我听不懂他想表达什么。但我们察觉到了，闵市长的兴致跟来时明显不一样，返程时情绪低落，沉默寡言，一副心事重重的样子。当穿越"死亡之眼"后，他竟然不愿意往前了。

"我想永远待在江里。"闵市长"立"在江水里，像一只海豚，"你们先走吧。"

我们以为他是开玩笑的，但他说得很认真、决断。他甚至不发力了，松弛下来，随水漂流，让流水把自己带走。我们围上去，怕他出意外，成为第二个老贺。

"你们不用担心我。我只是不想上岸。"闵市长说。

樊湘不敢多劝。低声对我们说，他心情不好，出事了。出什么事？樊湘说，犯纪律了……不过，都是传言。

"你们不用管我。我喜欢在江里。我早应该到这里来了。"闵市长说。

我和老潘"都听市长的"。尴尬的局面持续了几分钟。不知不觉间，我们偏离了"航线"有一百米之遥。

闵市长的任性令我们吃惊。我们的体力在迅速流失，如果不上岸，我们都得死在这里。我和老潘寄希望于樊湘。

"闵新春，有什么事情我们上岸后解决行不？"樊湘忍无可忍了，终于发飙。

"我能有什么事？我只是不想上岸而已。"闵市长说。看来他今晚跟我们一起夜泳既蓄谋已久，也是临时起意。

如果闵市长不肯上岸，我们可要强制性地把他架回去了。我们向他凑过去。闵市长被包围起来了。我们弄丢了一个老贺，不能再弄丢一个市长。闵新春看到我们态度坚决，迟疑了一会儿，同意朝岸游。

谢天谢地，我们总算平安上了岸。闵市长躺在杂草中无力站起来了。我们架着他回到崇仁阁，给他喝姜粥。我们还和他的秘书一起把他送回到家门口。他女儿开的门，看到他进屋了我们才离开。

第二天快到中午时，樊湘用低沉的语气告诉我，闵新春刚刚被检察院从会上带走了。

在电话里我听得出来，樊湘语气中带着惶恐。

"我跟你说，我送给他的谢布衣的画是赝品。博物馆里所有的画，包括很多文物都是赝品，真品早被偷梁换柱了。"樊湘说，"塔城博物馆就是一座赝品博物馆。"

"那你担心什么呀？"我说。

"我没有担心呀。送赝品虽不厚道，但不算违法。"樊湘干笑两声。

"今晚还夜泳吗？"我问。

"为什么不呢？趁着春潮，带劲。"樊湘说，"只可惜，闵新春要缺席了。"

春潮催人奋进，能把我们带进春天深处。夜色浓重，正是游泳的好时候。我们三个人，平常的时间，平常的"航线"，平常的节奏，平常的规矩，只游泳，不说话。但气氛明显不对，凝重，沉闷，略带悲凉。

明显不对劲的是樊湘，一路上魂不守舍，闭口不再谈谢布衣。我们必须精神振奋，不能懈怠呀。春潮浩荡，一不小心会被它带走，万劫不复。樊湘双手用力划着水，昂着头，游得还算稳健。为安全起见，我和老潘还是把他围住。

"一幅赝品，你害怕什么呀？"我和老潘安慰他。

樊湘沉思片刻，叹息道："我也害怕孤独。"

我不明白他的深意，但此刻，我感到前所未有的孤独。同时，我想，惠江也应该感到孤独。还有拥有日月繁星的天空，不也应该感到孤独吗？

我们顺利返回，上了岸。本想吃点消夜再散去，但樊湘说不了，女儿在家等着他。他没有找借口，他女儿打了两次电话催他回家。平时，女儿从不催他的。他很爱女儿，他说过等女儿长大一些，也带她夜泳。两父女一起夜游惠江，那该是多美好的画面。

我们散了，各回各家。

回家的路上，老潘给我打电话，说他担心樊湘，他的额头灰暗，眼底发黑，不是什么好兆头。我说你不要多疑，没事。

第二天一早，消息传来：樊湘昨夜失踪了！

樊湘的老婆说，昨晚樊湘深夜没有回家。手机关机，联系不上，母女俩一夜不睡。黎明将至，她才收到樊湘手机发来的一条信息：我随谢布衣去了。

塔城出动了所有的搜救力量，对惠江进行了拉网式搜救。春潮凶猛，搜救船只在江面上摇摆，让人看着揪心。搜救至日午，一无所获。

我和老潘一直在搜救的最前线。我们用肯定的语气一再告诉他们：樊湘不在江里。

"那他去哪了？"他们斥责我们，并不耐烦地警告我们不要隐瞒实情。

"惠江夜遁，随谢布衣去了。"我们异常坚定地说。

警方为了戳穿我和老潘的"谎言",加大了搜救,但好几天下来仍然一无所获。警方还搜查了传说中谢布衣隐居过的深山,没有发现樊湘追随而至的踪迹。

樊湘果然失踪了。

一个月后,来自检察机关的消息:樊湘利用职务之便,对博物馆的文物偷梁换柱,非法获利一千二百万元;监守自盗,造成谢布衣《惠江夜泳图》真迹去向不明。但因为没有樊湘的"供认不讳",我和老潘都不相信检方所言。平时,我们也看不出樊湘像有钱的样子。坊间说,樊湘的钱是留给女儿的,他一分钱也没有花,钱全堆放在女儿的床底下。

多年过去了,樊湘活不见人,死不见尸,樊湘的失踪一直是塔城最大的悬案,警方一直在悬赏通缉他。但也有人声称在塔城见过樊湘,甚至还有人煞有介事地说几天前还和樊湘在崇仁阁喝酒。有一天夜深人静时,我在民生广场的树荫下散步,突然听闻身后有人叫我的名字。我回头,却没有人。但我清晰地听出来,是非常熟悉的声音,不错,是樊湘的声音。当我环顾四周,发现右侧前方有一个健步如飞的身影，但离我很远了。老潘也说他有同样的经历，在离崇仁阁不远的共和路上，在熙熙攘攘的行人中突然听到有人轻声叫他，声音像极樊湘，但夜色淹没了一切，他没能从人群中认出是不是樊湘。我相信我们都出现了幻听。

我和老潘早不再夜泳，突然便完全失去了兴趣。令人意外的是，樊湘的女儿成为了夜泳爱好者。她经常在漆黑的惠江里游泳。她曾经恳求我说，干爸，我们一起去夜泳吧？我说，不了……

"为什么不呢，我爸也在，他一直在江里。他每晚都伴着我游呢。"

我说，我老了，游不动了，你们游吧。

实际上，自樊湘失踪后，我对惠江充满了敬畏。因此，我连惠江都很少靠近了。

○ 一张过于宽大的床

上个月的最后一天,我刚刚庆祝过自己的六十岁生日。一个人,在人民公园的草木丛里,独自点燃蜡烛,独自吹灭。晨风送来白玉兰的残香,远处的椭圆形小广场上有一群老太太围着一个老头跳广场舞。我跟一只流浪狗分食了一个直径十二公分的草莓蛋糕。狗比我吃得更多,它连草莓也吃得津津有味。但它吃饱后并不感激我,心安理得地去草丛里撒尿,撒完便朝城市纪念馆的方向离开了,连头也不回。我有点沮丧,又一次陷入人生的迷茫之中。此时,有两个老妇人手提太极剑从我身边走过,我嫌弃她们身上散发的老人味,本能地捂了捂鼻子。她们中的一个眼看着我对另一个嘀咕说:一个老鳏夫!

我突然像被炸雷惊吓了,一时不知所措。悲怆感从心底里骤然上升,与孤独、苍凉等情绪在胸口处汇合、碰撞,造成拥堵。

我秃顶多年，皮肤松弛，体态肥胖，衣着欠收拾，一副饱经风霜的样子，看上去，确实已经老了。然而，我不是老鳏夫呀，因为我从没有结过婚，更谈不上丧偶。我本来想追上去跟她们解释一下，但我迈不开大步了，力不从心。那一刻，我似乎一下子明白了人生的真谛。

绕过革命纪念碑和烈士陵园，我往林荫深处走去。在长满蜀葵的斜坡上，一个五十多岁的女人朝我走过来。我注意到了，她一条腿长，一条腿短，走路的样子让我想起了唐小蝶。她走到我的面前对我说，你应该找一个女人结婚了，如果实在找不到，我愿意试试看。

我说，你是谁呀？

她说，你再仔细瞧瞧，或许能认得出来。

我说，世界上不止一个女人瘸腿……

她说，你别装了，你已经认出来了，我是唐小蝶。

她的身材肥大得像一头怀孕的河马，脸也很宽大。

唐小蝶说，你答应过我，带我看看你的床……或许世界上只有你的床适合我。

　　我的床实在是过于宽大，我从来就觉得一个人睡太浪费了。无论有多宽大，我只是睡比我身体宽一点点的地方。我经常担心床的另一侧会不会长青苔或者长草。是的，我的床不一定适合年轻时候的唐小蝶，但确实适合现在的她，简直就是为她量身定做。有些事情是天注定的。我信。

　　跟四十年前相比，唐小蝶已经完全换了一个人，看不出身上哪个地方像"唐小蝶"。如果她说她的名字叫"梅春雨"，或另一些完全陌生的名字，我也会相信。我有理由怀疑她的真实性。她可能真的是唐小蝶，或者这个世界有很多唐小蝶，她是其中一个。只是，但是，这一天，就算一个假冒的唐小蝶站在我面前，对我说，我想跟你回家。我也会答应，而且愿意把她当成真正的唐小蝶。

　　唐小蝶果然跟着我回家。我像捡到了一条流浪狗，满怀喜悦。

　　站在床前，唐小蝶果然对床赞不绝口。尽管这张床跟过去相比，显得饱经沧桑，油漆已经褪色，像到了风烛残年。

　　"多宽大的床，坚固得像一艘还没下过水的巨轮。"唐小蝶说，"跟想象中的一样干净。只是，四十年了，它一点也没变。"

　　唐小蝶躺在我的床上回想往事，深情得像一个少女憧憬未来。

　　"我根本就没有出国。父亲把我安排在梧州船厂当会计。毕业考试时我回过学校，只是你不知道而已。"唐小蝶说，"你去梧州船厂那天，我见到你了。我就在那艘没有下水的巨轮上。那天我在船里哭，埋怨父亲能把那么大的一艘船造出来，为什么不能把我的双腿裁得长短一样呢?"

　　这么一说，我才相信她是唐小蝶。她没有当多久会计，两年后在母亲的走动下她去了北方某省音乐学院深造。毕业后，在深圳漂了五年，在梧州市文工团待了七年，调到省城后换了三个单位。现在的身份是：省艺术学院的退休教授。跟十一个男人谈过恋爱，离过五次婚。三个月前，她的最后一任丈夫刚刚病故。丈夫死后，她每天都在人民公园溜达，漫无目的，这一天却意外地遇见了我。她白发苍苍，跟我唯一的共同点就是，对残余的人生时光充满了眷恋。除了身上还有前夫的腐味外，她没有什么可让我嫌弃的。

唐教授说，你不知道这些年我睡过多少张床，但没睡过一天安稳觉。因为我总是遇不到一张合适的床。

我说，我跟你不一样，因为我有一张合适的床，每个晚上都能睡安稳觉，做惬意的梦。

唐小蝶脸上满是羡慕之色，对着床感慨地说，我走过很多地方，这个世界就是一张宽大的床，我每天都从无边无际的床上醒来，每天都发现人生的不同真相……腐败的温床，邪恶的温床，庸俗的温床，有多少坏和恶是从床开始的……

我的床从容、端庄地欢迎她，像欢迎每一个人一样。它从没有拒绝过别人。

唐小蝶用手抚摸了一下床，满意地夸奖：很干净！

我心里想，可惜你来晚了，很多女人睡过这张床了，不必用干净来形容它。

唐小蝶坚信辗转大半生终于找到了理想中的床。为了能长久地睡在这张床上，她要跟我结婚。

我答应了她，我们结婚了。这是我第一次结婚，我发誓，这也将是我最后一次结婚。暮年已至，不适合折腾了。

　　开始的时候，唐小蝶对床无比迷恋。虽然宽大，但它有边界。她睡得很踏实、放松，可以自由翻滚，可以像鱼在海里一样游玩。我看得出来，她以前从没有幸福、安全地睡过觉。看着她甜蜜的睡姿，我多么渴望她还是一个少女。但事实上，过多的肥肉，尤其是过于累赘的肚皮让她看上去像是一堆流沙。这些我都无所谓，只要她是唐小蝶，甚至只要她自称是唐小蝶，我就心满意足。

　　我曾经和多得记不清的女人睡过这张床，但从没有做过越轨之事，因此这张床能称为纯洁、光明磊落。多年过去了，我仍以此为荣。我将这件事情如实地告诉唐小蝶，以为她会相信并与有荣焉，至少不会深究遥远的过去，一一查清楚到底谁睡过这张床，但我高估了女人的胸怀和气度。可能是因为床过于宽大，唐小蝶觉得无聊，她要找些事情跟我纠缠，套我说出她不知道的事情。开始的时候一切都云淡风轻，但伪装几天后，她再也忍不住了，突然爆发，几乎没有商量的余地，让我二选一：一，坦诚公布睡过我的床的人名；二，换一张新床。

　　"我对你有没有做越轨的事情并不感兴趣，但我对那些浅薄、自贱的女人充满好奇。"唐教授说，"那么多年过去了，我想知道到底哪些女人上过你的床。"

我感觉很为难。因为那些爱过我或没爱过我却睡到了我床上的女人都已经成为别人的妻子和母亲，有些也许就在附近过着平静的生活，有的甚至已经离开了这个世界。我不能用一钱不值的历史伤害她们，毁了她们的清誉。

"如果你真的感到为难，可以放弃你的固执，选择换一张床。"唐小蝶说。

我说，结婚前我们达成过共识，而且有过口头协议：永远不能换床……

唐教授说，那你就说说哪些女人睡过这张床。

母亲去世得早，父亲与我相依为命。父亲瘦小，右脚残疾，干不了重活，受尽村人欺凌，忍受无数屈辱。关键是，我家穷。家徒四壁，没有一张像样的床。我以三块松木板为床，睡了十五年，经常梦中从木板上掉下来，在地上继续把正在做的梦做完才重新爬到木板上去做另一个梦。七岁那年，夜里从木板上掉下来摔断了两颗牙齿，我还是坚持把梦做完才醒过来。因而，从小时候开始，我便奢求有一张属于自己的床，让我安全地把梦做完。父亲睡稻草堆，他觉得没有比稻草堆更好的床了。在我参加高考前的一天夜里，家里稻草堆失火，我把父亲从火堆里救出来，背进医院，然后奔赴考场。结果在意料之中，我没有考好。高考成绩出来后，父亲被烧黑的脸更黑了。他责怪我说：你的脑袋被烧坏了吧？估计是的，在考场上，我的脑袋烫得像个火球，后来医生对我说，你的脑袋被烤煳了，治不好了。那就不治呗，反正梧州财经学校的录取通知书到了，我进了这所中专读书。被烧得像炭一样的父亲决定奖励我一件最厚重的礼物，也可能是为了表达他的歉意，他花了两年时间，用他能找到的最好的木材，用尽他的智慧、才能和耐心，为我打造了一张床。明式大床，方方正正，三面有围栏，有宽大的床穿。比市面上最大的床还要大。榆木、格木、花梨、橡木、紫檀……什么地方该用什么材料，他都异常讲究。精雕细刻，油光发亮，熠熠生辉，坚不可摧。如果放在过去，只有大户人家才能睡得起这样的床。这是父亲这辈子最引以为豪的杰作。毕业那年，我分配到家乡所在的镇政府工作，父亲和我合力将这张床搬进了镇政府，安放在我那窄小的卧室里。这是我第一次躺在这张床上。父亲坐在床头，用尽了最后一口气，兴奋地大吼三声："我操，祖宗十八代，我家终于出政府官员了！"

"即使将来你官至一品，这张床也够用了。"父亲郑重其事地说，"我担心的是你的脑袋不灵光，让别人连你的床都骗走。"

父亲被耀眼的阳光欺骗了，死在从镇政府回家的路上。那场火灾后，他的眼睛十分害怕阳光。那天的午后，阳光出奇地富足。父亲走出镇政府时回头对我说，妈的，怎么到处都是金銮殿？到底有多少皇帝啊！

父亲骑着比他高一截的单车，迎着金灿灿的阳光，唱着高昂的歌，结果还不到乌鸦岭，便一头栽倒在肮脏的沟壑里。被塞进棺材的那天，他依然面带笑容，过剩的自豪感让他的脸不堪重负，乃至扭曲了。我也给他做了一张精美绝伦的床，放在棺材里，祝愿他在自己的床上幸福、安全。

父亲生前没有人瞧得起他，但他去世后，所有的人都对他交口称赞。因为他生前造了一张无与伦比的床。

村里有一个姑娘目睹了父亲造床的全过程。她不是本村的，她是城里人，她的右派父母被下放改造前将她寄养在我村的一个亲戚家。她不上学了，在村里干农活。她是我十八岁前见过的最漂亮最贤惠的姑娘。皮肤白嫩，脸蛋圆得像透红的木瓜，丰满的胸脯和健硕的屁股过早地暴露了她的生育能力。我父亲曾对我说，将来你如果能娶上蒋虹这样的姑娘，我代表祖宗十八代感谢你。这个叫蒋虹的女孩，却像是天边的一朵云，飘忽不定，随时可能消失在空中。我以为她很快便回城里去，廉价地嫁给城里人，但直到我上中专她仍在村里。听说她父母已经死了，回城里的路断了，回不去了。每次见到她，我的心里都像是点燃了一堆柴火。但我从不敢正视她，也没跟她说过一句话。直到有一次，她来到我家，看到我平常睡觉的三块松木板，她躺到木板上，直挺挺的，竟然在上面哭了。我不明白她为什么要哭。睡木板不好吗？自从我母亲去世后，我就睡那三块木板，挺好的，安稳，舒适，踏实，多少美梦都是在三块木板上完成的。我愿意一辈子都睡在木板上。蒋虹从木板上下来，送我一本书，《安娜·卡列尼娜》。那个暑假里，每天晚上我洗去身上的汗臭后，躺在三块木板上读几页安娜，直到因干农活累而迅速睡死过去，书掉到地上，像安娜在我的身边。我把书带到了中专学校，才发现缺了最后四十页。我知道那是蒋虹留给我找她的理由。寒假时，蒋虹坐在我的三块木板床上告诉我，她是故意撕掉最后四十页的，"现在，由我告诉你此书的结尾部分内容，安娜的最终命运。"其实，我已经到图书馆把书读完，我知道关于安娜的一切。但我还是饶有兴趣地听完蒋虹的讲述。她的讲述比书上写的有趣和感人得多。特别是她说话时嘴唇很红很性感，像一朵开在池塘深处的莲花。

"你应该有一张像样的床。"蒋虹很正式地对我说。她也是这样对我父亲说的。

父亲恍然大悟，像一座山听懂了风的暗语。第二天，他便开始千山万水地寻找适合造床的木材。村里人说，他像鸟一样翻越过多少座山，才找到最好的木材。他对每一块木材都异常挑剔，亲自打磨，精心雕刻，精益求精，经常通宵达旦地造床。村里人说，他哪里是在造床呀，简直是在造一个人，各个零件造得都像人的器官一样精准。他跟床说过许多话，如果床是一部录音机，每天晚上播放他说的话肯定够我听上一辈子。

是的，蒋虹后来跟我讲述父亲造床的时候，仿佛觉得这张床是父亲为我和她而造的，因此她对这张床充满了感情，也满怀期待。

"我无数次想躺到床上去。"蒋虹在镇政府我的卧室里对我说，"你睡外边，我睡里边。"

那时候，蒋虹已经是镇药材公司的职工，长得比过去更丰腴更娇柔，身上散发着的淡淡的草药气味塞满我的卧室。

蒋虹躺到了我的床上，睡在最里面。黑夜很黑，她的眼睛像星星一样闪烁。其实，她穿着薄薄的浅白色的花格棉睡衣，满身都是星光。那天晚上，我喝完最后一盅水，小心翼翼地躺到床上去。相比那三块木板，这是一张宽阔无边的床。我和蒋虹即便睡在同一张床上，也能相隔千山万水。她试图靠近我，但仿佛因为中途过于遥远让她力不从心，到了半路便泄了气。我像僵尸一样躺着，没有迎合，甚至连眺望的勇气和冲动也没有。整整一宿，除了双腿偶尔有伸缩，我再也没有多余的动作，甚至连翻身也极少。

躺在床上，睡觉便睡觉，这是我的原则。而且，尽管床很宽大，但我只躺在靠床沿的那小块地方，也就三块木板宽，即使翻身，也是在原地完成，像草原边上的一棵树，宽阔跟它没有关系。床有三分之二是多余的，空荡荡，我偶尔将床单或衣服搁在那里，偶尔想起的时候，我会用毛巾擦拭一下空荡荡的席子，除去厚厚的灰尘。蒋虹第一次躺上我的床之前，我便用力不断擦拭，直到她确认床已经比我的身子还干净才罢手。

第二天晚上，蒋虹再一次躺在我的床上。她勇敢地将手搭到了我的胸脯。多么柔软的手！淡淡的药材芳香，她呼出来的气息缠绕着我的脸，我的胸脯像群山一样起伏，可是，我坚定地僵躺着，没有越雷池半步。蒋虹的自尊心受到了伤害。

"你怎么啦？"她问我。

"没有什么呀？"我回答。

"是床不够好？"她问。

"不是。床很好。"我回答。

"那说明你不喜欢我。"她说。

"不是的。一躺在床上我便进入梦境。"我说，"我必须不间断地把梦做完。"

我说的是真话。这张床很踏实，连做梦也很安全。我没有其他癖好，做梦是我最大的乐趣和享受。父亲做床的时候可能也没有想到，这张床是最好的造梦空间。梦境千姿百态，奇妙无比，比现实精彩太多。我太喜欢做梦了，而且，我不喜欢任何人以任何理由把我的梦境中断。

"难道你要我主动爬到你的身上？"她说。

"你不能那样。我不允许。"我说。

"你是不是另外有人了？"她问。

"没有。"我说。说的时候，我犹豫了一下，因为我被她的话击中了。

是的，在中专一年级上学期，我遇到了一个叫唐小蝶的女生，财会专业的，学校话剧团的业余演员。她比蒋虹漂亮、阳光、洋气、高贵，浑身上下洋溢着才华和智慧，像女神一样，在我没有见过她之前，她已经在我的梦境里反复出现，总是在江河的对面召唤我，若隐若现，像电影里的场景。我无法在梦境里捕捉到她的真实面目，我想，那是因为我的床太小。小床做不了盛大奢华的梦。第一次见到唐小蝶时，我简直不敢相信自己的眼睛，她终于从梦境中走出来跟我在现实中相见。可是，她有明显的缺陷：左腿比右腿长，走路一高一低，样子很难看。但我喜欢她。如果不是因为瘸，我还不敢喜欢她。那时候，为了靠近她，我希望有人把我的一条腿打瘸，让我也拖着腿走路，看上去跟唐小蝶是天生一对。话剧团在征集原创剧本。我写了一个，我的语文老师拿给话剧团。唐小蝶看完说这是她一直期待的剧本。因为剧本是为她量身定做的，女主角就是一个腿瘸的公主，她一辈子都想拥有一张属于自己的宽大奢华的床，所有的梦想都能在床上实现，是一则类似于《等待戈多》的荒诞剧。剧本很快排演了。唐小蝶扮演剧本中的女一号。话剧排演效果看起来很成功，一个月后在校庆的晚会上演出获得了最佳节目，唐小蝶获得最佳表演奖。唐小蝶约我到离学校三里地之遥的青岛路咖啡店坐坐。她再次赞美我的剧本："你真的很有才华。"整个下午，她都在谈戏和梧州的历史。她是梧州城的市民，祖上是桂系军阀的高级将领，参加过北伐，在台湾担任过高官。父亲是造船厂的设计师，母亲是梧州话剧团的台柱。她问我父母是干什么工作的，我如实说了。我说我父亲正在造一张世界上最大的床。她笑得很真诚，不像是嘲笑。尽管我和她面对面，中间只隔着三十公分，但这是世界上最遥远的距离。走出咖啡店，唐小蝶当众给我一个拥抱。她的胸脯紧贴着我的胸脯。我害怕，然后分开，但我害怕就这样永远地分开。"我想看看你父亲造的船。"我赶紧对唐小蝶说。梧州造船厂是一个很有名的企业，就在西江边上。唐小蝶说，可以的，有机会我带你去看看。当天夜里，我给唐小蝶写了一封很长的信，跟她说到了有她的梦境，说到了浩瀚的江河。第二天一早让话剧团的导演老师转给她。第三天她在剧团的门口对我说："我也很想看看你父亲造的床。"我给父亲写信，请他加快工程进度，因为唐小蝶随时可能去我家看床。然而，世事并不掌握在我们的手里，父亲回信说，造床不比造船简单，不能偷工减料，不能压缩工期。出乎意料的是，唐小蝶很快便被她父亲安排出国去了。她不辞而别。她应该是从梧州码头乘船去香港，然后从香港去美国的。她从我的现实中消失，重新回到了我的梦境。毕业之前，我独自去过梧州造船厂。那天我果然看到一艘巨大的货轮躺在比它体形更巨大的厂房里。它已经完工，快要下水了，工人正在给它上漆。我仰视着它，觉得唐小蝶根本就没有出国，可能就被困在船上。我朝着船大声呼喊：唐小蝶……一个气度不凡的中年男人朝我走过来，我怯怯地迎上去问：你是唐小蝶的父亲吗？他莫名其妙地瞪了我一眼，不置一词，背着双手，傲慢地走了。很快，一个保安恶狠狠地将我轰出造船厂。我回头再看那艘巨轮，心里想，我的梦境未必能装得下。因而，我很怅惘，我希望父亲把我的床造得足够大，足够开阔，容得下我那些很大很大的梦境。江面很浩大，像海面一样。江水很长，一眼望不到尽头。我跳上一条小客船，船行得很慢，像一条在湍流中艰难逆行的小鱼，感觉它是静止的，像一张还算宽敞的床，我跟大多数乘客一样睡着了，还做了一个长长的梦，梦见唐小蝶就坐在我的对面，我努力去看清她的面孔……那么多年过去了，我仍然觉得那条小船一直没有靠岸，仍在江面上挣扎、漂泊。

蒋虹缓缓从床上起来，穿上衣服，用充满悲悯的语气对我说了一句："有空你去看看医生，你的脑子可能还能治。"然后摔门而去。出门后她用毛巾蒙着面，趁着夜色逃遁，连门卫也看不清她到底是谁。

蒋虹一离开，我就躺在床上左思右想。我肯定是在哪里出了差错，但谈不上懊悔和愧疚。我只是纳闷，当初那么喜欢蒋虹，为什么唐小蝶轻易便取代了她？为什么一个唾手可得的女人睡在我的床上我却不为所动，而对一个远隔重洋根本不可能挨近身边的女人充满幻想？是的，我怀疑爱情、怀疑自己就是从那时候开始的。我一辈子都没有信任过自己。

让我窃喜的是，蒋虹的离去让我的床恢复了宽大，我像太平洋里一条无欲无求的鲸，尽管偏安一隅，却无比自由，轻松，踏实，每一个梦都得以飞翔。

两个月后，蒋虹调往县城，临行前才托人告诉我。后来听说嫁给了县文工团的一个中年戏子，做了别人的后妈。我应该向她道歉，我愿意在她的面前狠狠地掴自己的耳光。可是，她像唐小蝶一样不辞而别。她睡的应该是新式床，也许软绵绵的、有弹性的床垫更适合她。

祝愿蒋虹在别人的床上幸福、安全。

从此以后，我的床在形式上失去了贞洁，就像一辆公共汽车，不断有女人睡过，也有男人睡过。得到的报应是，我的梦境中再也没有出现过唐小蝶，无论我如何努力，她就是不露面，茫茫江水滔滔向前，对岸空无一人。这样的结局让我萌生恶意和妒忌：难道她在美国人的床上也幸福、安全？

自从我在镇上工作，我的远房表姐每次从茶山到镇上，逛街便永远忘记时间，直到天黑了才想起回家。但要从镇上回到遥远偏僻的茶山，得走三四个小时。路上有蛇、野兽、强奸犯和传说中的鬼魂。她只好提出在我的床上过夜。

"你爸造这张床，我有给过木头。我认得出来，四根床脚就是。"表姐仔细端详一番我的床后，辨认出了自家的木头。

我有什么话说呢。小时候，我就经常睡在表姐的床上，我从没把她当女人。

过于宽大的床占据了房间的绝大部分空间，连打个地铺都没可能。

　　表姐心安理得地躺到我的床上，跟少女时代不同的是，她话少了许多，倒头便睡，手和脚尽情地摊开，像一只仰面朝天的青蛙。

　　第二天表姐慢吞吞地起床，吃过面条才回家。她比我大好几岁，嫁给山里人后，她也变得比较粗壮，已经是两个孩子的母亲。开始的时候，我会到值班室跟老贺挤一张床，后来老贺的老婆经常来陪他过夜，我便无处可去。办公室本来可以睡觉，但换了镇长后，任何人都不能把办公室当成卧室了。表姐了解我的难处，对我说，你哪里都不用去，就跟表姐睡在一起，这么宽大的床能睡得下十个表姐。

　　我就跟表姐睡在一起。我睡外头，表姐睡里头。表姐睡觉打鼾，比门卫老贺还响。第二天醒来，她问我，昨天我没有碰你吧？我说没有。你也没有碰我？表姐问。我说没有。这样就对了嘛，表姐说，床宽大有宽大的好处，即使是两夫妻睡在同一张床上也像是分居。有时候，表姐带着她的两个孩子睡到我的床上，孩子们睡中间，我和表姐像平常那样睡两头。夏天闷热，孩子们不愿意夹在两个大人中间，要睡外头。我不肯。他们便妥协，睡里头。表姐只好睡中间。于是，我和表姐就挨着一起睡。此时，床才不显得宽大，甚至有些局促了。表姐穿着睡衣，心无旁骛地呼呼大睡。半夜里我醒来发现表姐的一只手和一条腿搭在我的身上，当然，她巨大的胸脯也紧贴在我的背上。为了不影响她的睡眠，我一夜不动弹，装得像死了一般。

两年后，我调离了镇政府，到县城里去了。表姐帮我拆床，装到卡车上去。卡车开动，我坐在副驾驶上，表姐哭着对我说，你不把床留下，今后我睡哪里？

我从没有考虑过表姐提出的问题。床是父亲留给我的最重要的东西，我必须一辈子带着它、睡它，否则父亲的努力就白费了。离开镇后好多年，我常常担心表姐还是那么贪玩吗，会不会铤而走险冒着夜色赶路回家？

县单位分给我的房子比镇政府给我的房子还狭窄。好在还能放得下这张宽大的床。

第一次见到我的朋友胡安之是在县汽车总站对面的小公园里。公园有几棵樟树，也有几棵红豆树，还有几根竹子。在树和竹子之间有一个流动书摊，上面摆放的99%是黄色书刊，封面都是淫荡的女郎和下流的标题，但也有几本像《收获》《十月》那样的旧杂志，那是难得的清流。我好奇地问书摊老板，旧文学期刊能卖吗？他说，以前还能卖一些，现在卖不动了，还是黄色书刊好卖。我说，你不是在贩卖书刊，而是在贩毒。老板笑呵呵地说，一些精神鸦片而已，危害不大。我拿着一本1987年第3期的《收获》跟他讨价还价。我的床过于宽大，我得放几本有品位的书刊让床显得充实、沉稳。这本十年前的杂志，他要我两元。我只能给他一块。

"不行，你还得请我吃一碗粉。"他说。

一碗没有肉的素粉五毛。时已黄昏，他收拾书摊，把装书的三轮车推进旁边的印刷厂，跟随我到西门口，结果，我请他吃了五块钱的猪脚和粉。饭毕，他从口袋里掏出一张皱巴巴的名片：书商胡安之。就这样我们成了朋友。

我在县地方志编撰办公室当编辑。胡安之说，在古代，如果在中央上班，你就是翰林编修。因此他称我为冯编修。

"冯编修，我要做大事，我将来是要写入县志的。"胡安之说。

胡安之隔三差五找我聊天，主要是鼓动我到外面去看看世界，就算不看世界看看女人也好，而且都是快到饭点的时候才走进我的办公室，我不得不带着他去路边小摊吃粉。方志办跟妇联、文联、残联在同一个小院子，前院办公，后院住宿。我的办公室在前院六楼，宿舍在后院六楼。门卫是一个肥胖粗壮的妇女，上班经常呼呼大睡，保安室形同虚设。有一次，一个收废旧品的老头趁我上厕所之际把我案头的一堆发黄的旧稿件理直气壮地装进他的印有复合肥字样的蛇皮袋里，堂而皇之地走了。那是上一任"编修"花了半辈子心血撰写的成果，退休前郑重其事交给我，如果在我的手里丢了，领导会杀了我。但确实丢了。我犹如五雷轰顶。领导暴跳如雷，而且报警了。事情的转机是那天胡安之又来办公室要蹭我的饭，在院子门外碰到了那个收废旧品的老头。老头卖过旧杂志给胡安之，两人都占过对方的便宜，因此互相认得，又互相警惕。胡安之从我办公室旋风一般追出去，花了整整一个下午，差不多把县城翻了个底朝天，才在郊区一个破烂瓦房里找到那个老头，把稿件追了回来，救了我一回。也因为这一回，胡安之吃定我了。我不仅常常请他吃粉，还把我的床让一半给他。

　　除了卖黄色书刊，我从没有发现胡安之干什么大事，没有任何迹象可以表明他将来能进入县志。相反，他对我说生意越来越难做，最近连看黄色书刊的人都少了，快要养不活自己了。雪上加霜的是，他的书摊终于又一次被扫黄打非大队连车带书一起没收，他给大队长送了一条万宝路香烟也没有赎回来，因为大队长已经能识别假烟。胡安之还想博取房东的同情，但房东把他踢出门外，让他无处安身。他说他在印刷厂的屋檐下过了两三夜，蚊子和老鼠让他根本无法入睡。因此，他跟随我走进了我的房间，眼前宽大的床让他惊喜交加，相见恨晚。我本来对与男人同床充满排斥，但我经不起胡安之死皮赖脸的恳求。他睡里面，我睡外面，井水不犯河水。如果这样相安无事地帮他度过困难阶段，也是功德一件。但胡安之一个早年的女朋友从村里跑到县城找他，死活不肯回去，要跟他一起过。

　　我带着胡安之跑遍了整个县城甚至郊区，也无法找到合适的房子，因为胡安之身上没有钱。我微薄的工资仅能养活自己，无法资助他安居乐业。

"你总不能让我和女朋友蹭收废旧品老头的床吧？"胡安之说，"现在我只是缺一张床而已。"

因此，荒唐的事情竟然在我的床上发生了。

胡安之和他的女朋友跟我一起睡在同一张床上。我睡外头，他睡中间，他的女朋友睡最里面。

"冯编修，你看，我们三个人睡在一起，床还显得无比宽松。"胡安之说的时候还厚颜无耻地笑。

胡安之的女朋友夜尿多，半夜里起来跨过我上完厕所又回来，我必须装作毫无察觉的样子。更甚的是，胡安之以为我睡死过去了，竟然乘机爬到他的女朋友身上，用手捂住她的嘴，干他想干的事。我在梦里都恶心得要吐。

有一天晚上，我躺到床上，发现胡安之的女友也早早躺在里面了。我说，胡安之呢？她说，逃跑了。我说，为什么？她说，他偷了你的钱。我把我的枕头翻了几遍，昨天才领的工资竟然不翼而飞。我气急败坏。她说，我也不知道他会干出这种伤天害理的事，但他说会还给你的。我说，滚！她说，我不能走，胡安之说，他已经把我抵押给你了，让我继续睡你的床……

我说，我不需要你抵押，你走吧。

她说，你容我再住几天，等春雨停了，山里的路不滑了，我再回乡下去。

我心软了，让她继续睡在我的床上。但我跟她相安无事。像我一样，她也是原地翻身。我们都当床中间空阔的地带埋了地雷，谁也没傻到以身试雷的地步。

一个星期之后，春雨停了，春光明媚了，胡安之的女友从床上起来，当着我的面换了衣服，跟我告别，由衷地说："大哥，你是一个好人。"

两年之后，春雨绵绵的一个黄昏，胡安之突然出现在我的房间。在我发怒之前他把偷我的钱悉数归还，塞到我的衣兜，额外还送我一块看上去挺不错的电子手表。

"德国的，全球限量版。"他留了长发，穿牛仔裤和"波鞋"，抽着万宝路香烟，操一口能以假乱真的粤语，显得吊儿郎当，但也人模狗样的。

"发财了？"我说。

"谈不上。"胡安之回答。

我问他这些年都去哪儿了？他说，深圳，卖碟，卖……

现在回来想在县城开一个录像厅，放香港日本的三级片。我说，不好吧？没有靠山做不了这一行。他说，县公安杨副局长是我的远房表哥。我说，那应该行。在笑贫不笑娼的年代，做什么生意都理所当然。

"我女朋友从你这里回去后第二年便生了一个女儿。"胡安之说，"她说，不是我的种。"

我正想安慰胡安之什么，他举起右手用力一挥，像切一只很大的西瓜。

"我见过她的女儿，长得像你。"胡安之声音低沉地说，看上去，他很生气，饱受屈辱。

我断然否认，站起来发誓说："虽然我跟她单独睡在同一张床上，但除了睡觉，各做各的梦，没有发生任何逾矩的事情。"

胡安之说："我们都是读过书的人，心照不宣吧，都不必太较真，只是她从你这里回去后急匆匆嫁了一个乡下的酒鬼兼赌棍，日子过得很艰难。她女儿面黄肌瘦的，只剩下眼睛和鼻子还像你。"

我说："那能怎么办？"

胡安之说："每月你可以给她寄点钱，多少无所谓，求个心安……"

我特别不能理解："凭什么让我给她寄钱？"

胡安之说："看在曾经同睡过一张床的分上。"

胡安之话里有话，语气透着一股狠劲。他变了，浑身冒着戾气。

世界在变，但我还是原来的我，床还是原来的床。我发现我和世界的距离越来越大，刹那间有一些恐惧感。胡安之留下一个挺长的地址，收款人为梅春雨。当天我便给她寄了第一笔款，还把邮局的收据给胡安之过目了。

胡安之真的在城南靠近汽车总站的街口开了一间录像厅。他说有几个股东，公安局杨副局长也拿些干股。他晚上上班，白天睡觉。从此，我的床白天他睡，晚上我睡，像两班倒。我的邻居是一个老太太。有一天她告诉我，你的朋友经常带不同的女人回来，大白天的，经常传出淫叫声，你的房间变成录像厅了，有孩子的邻居都有意见，你得管管，否则她们告到你单位领导那去。此事我不知道如何处理。大概一个月后，胡安之在一次涉黑的打斗中被乱刀砍死，我的床才恢复宁静。我把席子换了，把床架和床板狠狠地擦拭了好多遍。邻居的老太太夸我的床宽大，床很好，只可惜被我的朋友糟蹋了。不久，我被单位安排到省里去培训一个月。老太太知道了，一下子变得像十八岁时的姑娘那样扭扭捏捏，对我极尽献媚之态，嗲声嗲气地跟我说，我家女儿女婿回来了，暂时没有地方住，我想借你的床给他们睡一个月，你学习回来我们马上归还。为了弥补我的过失，挽回我的声誉，我同意了。一个月后，我从省城回来。老太太把我拦在门外说，床能不能再借几天？他们过几天便走了。我说，那我住哪里？老太太说，我跟保安室的胖姨说了，晚上她回家住，你睡她的床。我正要反问，老太太说，她的床太窄小，睡不了两个人。我只好住到保安室，睡在胖姨的床上。那是我这辈子睡过的最臭最脏乱的床，我竟然连续睡了四天，你不知道我多么想念近在咫尺的自己的床。胖姨提醒我说，老太太的女儿女婿要在县城找工作，不知道要睡你的床睡到什么时候。当我向老太太求证时，老太太说，是的，不过快找到工作了，一旦找到，马上搬走。又过了几天，老太太再答：快了。

我心里打鼓，实在不能再住保安室了，但当我索要我的房间钥匙时，老太太终于露出了狰狞的面目：

"不给。你的朋友能睡你的床，我家女儿女婿也能睡。大不了你们三个人一起睡。反正你不能赶跑我家女儿女婿。"

老太太的女婿人高马大，一脸横肉，对我凶相毕露，说话时眼珠子快要蹦出来了："我们就恋上你的床了，不行呀？你真敢驱逐我们？"

我不敢。我只好继续住保安室，直到有一天我托关系在教育局职工住宅小区找到了一套二居室，趁老太太的女儿女婿外出之机，我和三个同样胆小的朋友一脚踹开房门，以迅雷不及掩耳之势把我的床拆了，装上小皮卡，逃之夭夭。在这过程中，老太太凑近我恶毒地对我骂个不停，说我长期两男共睡一女，窝藏黑社会，用公房卖淫嫖娼，藏污纳垢，道德败坏，丧心病狂……把我追骂到大门外，还硬要把我的床截留下来，幸好小皮卡马力足，跑得快。

五年后，我已经调离县城，到了省方志办工作。我的床也跟随我到了省城。县里的朋友都笑话我，省城里什么床都有，不必把这张笨重的过时的大木床搬到省城去。我说，它是父亲送我的礼物，苟富贵，勿相忘，我不能丢下它。

在离开县城前的五年间，我谈过几次恋爱。先后有六七个女孩子睡过我的床，但先后都离我而去，原因各有差异，有的嫌我迂腐，有的觉得我的脑袋不灵光，有的嫌我小心眼，是只会读书的呆子，竟然有的认为我是性冷淡甚至性无能，还有一个，我们已经到了谈婚论嫁的点上，可惜她最终因为不能接受一辈子睡在这张床上而选择分手。但是，我没有跟她们发生过不正当关系，即便她们主动爬到我的身上，我也无动于衷。

我的态度异常坚决，也是原则问题："我决不会在婚前发生性行为。"

"那我们结婚吧。"

我说："结婚必须有感情基础。"

"你对我没有感情基础？"

我说："暂时没有。"

"那什么时候才有感情基础？"

我说："等。"

"要等多久？"

我说："我不知道。也许吧……但这张床随时欢迎你。"

为此，我收获过响亮的耳光，还有人差点将我的床一把火烧了。

现实与梦境的距离比床宽大得多。

在朋友们中间，在整个县城，我早成为一个笑柄。但在原则面前，这些算得了什么。

到了省城，我依然住公房，一厅一房，对我来说已经够了。只要放得下我的床，我就满足。我换了蚊帐和席子，花哨一些的，粉红色的蚊帐，不再用草席、藤席、竹席，改用高档亚麻凉席。扔掉决明子枕头，改用乳胶枕头，印有中国风图案的蚕丝枕套。看上去，床的面貌焕然一新。我想我必须改变自己，好好找一个女人过日子了。

在省城里我举目无亲，觉得很孤独。车水马龙，灯红酒绿，十个县城加起来也没有这里热闹，可是跟我有什么关系呢？我有一份工作，有一张宽大的床，我已经很满足。夜深人静的时候，透过破旧而视野狭窄的窗口看万家灯火，我也会想起父亲，想起表姐，想起蒋虹，想起唐小蝶，想起我的朋友胡安之，以及从我的床上拂袖而去的女人。我觉得我比他们都幸运、幸福、安全。对着别人紧闭的窗帘，我不经意间从心底里发出笑声，脸上露出谁也看不到的笑容。

我曾经在衡阳路的街头偶遇一个酒后痛哭的女人。她坐在一棵香樟树下，浑身散发着酒气，头发凌乱，衣衫不整，还吐了一地。路灯将她的丑态暴露在来来往往的人面前，但没有谁愿意理会她。我将喝剩的半瓶矿泉水递给她，让她洗洗嘴边的污秽物。她一把抓住我的手，止住了哭，用力拉我，自己顺势站了起来。

"我送你回家吧。"我动了恻隐之心。

好呀，她说。她站不稳，依偎着我。臭气将我熏得想呕吐。

你家住哪里？我问。她往前指了指。我搀扶着她走过了遵义路、延安路，拐过普陀路。

你究竟住哪里？

她指了指一个即使黑夜也掩饰不了破落的小区。这是我家呀，美女。我说。

就是回你的家，因为我在这个城市没有家。

我把她带回家，她"老马识途"地走进浴室洗澡。我把床的另一半让给这个女人。那时正值炎夏，她赤身裸体地躺在我的床上。她是一个身材好得无可挑剔的女人。她用脚不断挑逗我，我都装作睡死的样子，不为所动。她在我家待了四天。白天，我每次出门都嘱咐她，走后请帮我把门关上，谢谢。可是，每天晚上回来，她还在我家看电视。

"我饿了。"她说。

我得煮面条给她，每次都加两个鸡蛋和很多的辣椒。第五天，当我往她的碗里加了四个蛋和更多的辣椒时，她明白我的意思了。

"好吧，我走。"

我把她送出门。她说她是成都人，是到这里寻找她的前男友的，可是他已经结婚生子。不出意料，她也赞美我是一个正人君子。这是我听得最多的赞辞，虽然对方说得真诚，但我心里不以为然。

不瞒你说，我曾经拥有一段短暂的爱情。在衡阳路有一家全国连锁的洗脚店。店员全部来自陕西丹凤，除了管账的是一个中年妇女，其他都很年轻，大概是二十岁出头的样子，女的居多，她们说的全是丹凤方言。很多时候，我光顾这个店就是为了听她们说话。她们说的话很好听。她们之间的插科打诨，打情骂俏，或与顾客之间的调侃胡聊，都让我觉得好玩，使我开心。其中一个戴眼镜的女孩，落落大方，在顾客和同事中间游刃有余，仿佛她才是洗脚店的老板。给我洗脚的时候，我一下子喜欢上她了。她说她二十一岁，姓贾。结过婚，生有一个女儿，才一岁，留在家乡让父母带。因为女儿的爸爸跟别的女孩好上了，春节前刚离了婚。每次光顾，我都点名要小贾给我洗脚，因为她手艺好。后来我们熟悉了，聊的话题也多了。我做了一些功课，翻阅了丹凤县的县志，跟她聊丹凤的掌故，店里所有的店员都惊讶我怎么知道那么多。小贾对我有了些敬佩，有一次我悄悄对她说，我喜欢她，想照顾她们母女。小贾的脸红彤彤的，不敢抬头看我，但她用力捏了捏我的脚踝，像谍报员发送密电。有个周末的早上，小贾应邀来到我家。因为我跟她约好了，请她给我做一顿丹凤饺子。

我给她打下手，切韭菜，绞烂瘦肉。她弄饺子皮，做配料，包饺子，跟我说丹凤饺子的做法跟这里的有什么不同。毫无疑问，这是我吃到的最好吃的一顿饺子。小贾对我的房子很感兴趣，尤其是对有民族特色的装饰，壮锦、刺绣、京剧脸谱等等。当看到我的床时，她却笑了：像我们丹凤的大土炕，睡得下两家子的人！

我猜不透小贾是赞美还是嘲笑。她小心翼翼地躺到床上，翻了一个滚，像小孩一样，然后赶紧下来，说：比炕舒服。

此后，小贾还来过三次我家，不是做饺子，而是向我借钱。她说她女儿生病了，得赶紧给家里寄钱。她那点工资不够。她要多少，我就给她多少。当然，她每次都不多要，每次都很焦急。但无论多么焦急，临走前她都紧紧地抱紧我，让我也抱紧她。她还是少女，浑身散发着早熟的气息。最后那次，她又躺到了我的床上，双手交叉握着肚脐，闭上眼睛，喘着粗气，剧烈起伏的胸脯在真诚地召唤我。

我犹豫了。其实我是想迎上去的，然后跟小贾结婚，把她的女儿接过来一起生活，我会把小贾和她的女儿一并照顾得很好。

小贾在床上撒娇地哼了一声。

"这个时间邮政局开门了，你赶紧给家里寄钱，耽误不得。"我站在床前劝她，是真劝。

她迟疑了一会儿，起来，生气地瞪了我一眼："我错了，我以为你是丹凤男人。"

我还没有琢磨清楚丹凤男人究竟是怎么样的，小贾已经夺门而去，眨眼工夫便消失在我的视野里。

我给小贾准备好了一套带有刺绣的蚕丝被。曾经有很长的一段时间，我把床的另一半一直为小贾留着。我想象过无数种小贾的睡姿。我敢肯定，我爱上了小贾，每天夜里都在想她。

两天后，我去店里。店里的人说，小贾回老家照顾女儿了。我以为她会回来的，但小贾离开之后再也没有回来。大概是半年后，店里管账的中年妇女转给我一笔钱，说是小贾还给我的。我推辞再三，却无法拒绝。我向中年妇人要小贾家乡的通讯地址，她告诉我，小贾在家乡又嫁人了，你不必挂念她了。

　　从此以后，除了对唐小蝶偶尔还有惦念，我对爱情再也不抱什么幻想。在省城里，我兢兢业业，又庸庸碌碌。世界在变，什么都在变，唯独我和我的床一直唇齿相依，彼此没有分离。我从不外出旅游，也很少出差。偶尔离开这个城市，也不会超过三天便马不停蹄地赶回来。因为在别的床上，哪怕是五星级宾馆的卧榻，我都根本无法安然入睡。

　　我也有过寂寞。每天晚上我都是一个人睡在这张过于宽大的床上，有时候孤独得像睡在另一个星球，在梦境中经常一个人游走在无边的荒原，我需要一个睡伴陪我度过漫漫长夜。我曾经在报纸上登过广告：我愿意给无家可归者一个床位，男女肥瘦不限，老少皆欢迎。我是真诚的。可是，应者寥寥。难道世界上没有流落街头的失意人了吗？当然，也有按线路图找上门的人。有一次是一个高瘦老头，脏兮兮臭烘烘的，还提着装满废品的麻袋。我热情接待他，给他煮了一大碗燕麦面，在冬夜里吃得烟雾缭绕、大汗淋漓。还让他洗了一个时间超长的热水澡。他睡在我的床上，对床的宽大赞叹不已。他哽咽着向我讲述他的经历和困境，让我仿佛也额外经历了一次坎坷辛酸的人生，不胜唏嘘，我甚至搂着他入睡。天一亮，他就起床了，说赶紧去拾荒，去晚了，好东西都会给别的老头捡完。我恳请他晚上继续回来睡我的床。如果他愿意，我可以把他当父亲一样伺候，让他感觉像睡在自己亲手打造的床上。可是他说，不了，你的床虽然宽大，但房子太窄小，比不上睡桥洞舒服。后来，老头还回来过一次，吃完我煮的面，擦了擦嘴巴便走了。他说我煮的面条是世界上最好吃的，回来一趟就只为了吃一顿面。

通过这张床，我明白了许多人生道理。比如，孤独和痛苦都是身体的组成部分，是无法割掉的，更不能归咎于床过于宽大；两个孤独的人未必能睡到一张床上；世界之大，有时候莫过于一张床；无论床多宽大，也只是睡在方寸之间……道理弄明白了，人生便过得很豁达、惬意。

我的身体一直很棒，腰板很直，睡得安稳，每天醒来都精神饱满，气定神闲，而且每天的梦境都比现实精彩，我认为我的人生活得比别人丰富、宏大、辽阔。我与世无争，世界对我不薄，这辈子虽然碌碌无为，一事无成，像一只蛤蟆龟缩在床上，但没有经过大风大浪，传说中的苦难和厄运都没有降临到我的头上，连被我得罪过的人也没有，我人畜无害，过得很充实，很知足。这得归功于这张床。它像一艘巨轮一辈子都行驶在风平浪静的海面上，避开了所有的冰川和礁石。

　　一晃，不知过了多少年。如果没有人通知我办退休手续，我都不知道今夕是何夕。

　　是的，我的表姐曾经到过省城来看病，宫颈癌晚期，在我的床上睡了一晚，跟我诉说一生的悲与苦，一直说到天亮，然后便匆匆回去了，她说省城治病死贵。三个月后便传来表姐的死讯。我在我的床上，她睡过的地方，放了一束黄菊，以此悼念我的表姐。蒋虹在三十八岁那年才离婚，改嫁一个瓷器店的老板。有一次，她带新婚的丈夫到我家，因为她丈夫一定要看看我的床。看过床后，她丈夫用力擂了擂床板，说了声："谢谢！"退休那天，我决定终止给胡安之的前女友梅春雨女士寄生活费。上个月，梅女士给我寄过她女儿的照片。照片上那个女孩根本就不像我，没有一处跟我相似。梅女士说，其实这个女孩是胡安之的，请不要再给她寄生活费了。如果哪一天孩子的生活好过了，她会让孩子把这些年我寄的生活费全部退还给我。我回复说，不用退还，就当我帮我的朋友胡安之照顾你们。梅春雨最近来信了，言简意赅地说：谢谢！好人一生平安！

我的善意并非没有回报。在六十岁生日这天，我遇见了唐小蝶。

是的，我的一生朝着完美的方向滑去。在我眼看就要孤独终老的时候，曾经日思夜想的唐小蝶在世界的外围转了一圈又一圈，终于回到了我的床上。每一天跟她睡在同一张床上，我经常喜极而泣，心里一万遍感谢父亲，感谢那些没有嫁给我的女人，让我等到了梦想中的女人。

这是世界上最幸福的床。每当黑夜来临，这张床就让世界安详下来。我请唐小蝶上床，让她睡在里面，我睡床沿外头，恩爱友善地靠着彼此。我本以为我和唐教授可以平静安然地度过余生，但事情没有那么简单。也许，漫长的风平浪静是为了六十岁后的惊涛骇浪积蓄能量。

问题还是出在床上。

在我睡着前，唐小蝶总要唠唠叨叨、反反复复地给我谈她充满遗憾的一生，仿佛在此之前的日子全白过了。开始的时候，听着听着，我竟然潸然泪下，把枕巾浸湿。后来，我发现她对床的偏见和敌意仿佛是与生俱来，把之前睡过的床批得一无是处，仿佛一辈子都被床折磨，受尽屈辱。我开始为床辩护，为天下所有的床辩护。床本身没有错，你可以抱怨世界上的一切，除了床。

矛盾因床而起。我的床。

"可是，睡在她们曾睡过的地方令我感到恶心。梦里我都能看到她们嘲笑我。"老年的唐教授比年轻时固执、专断太多，远没有做到豁达、慈悲，原来先前说的都是假的，经历过的伤痛都白经历了，"你必须把床换掉。否则，我要换个地方睡觉。"

唐小蝶每天都这样闹，没完没了。可是，我一直以为，我的床是世界上最干净最纯洁的床。唐小蝶为什么没意识到这一点呢？

说真的，我后悔了，但我爱唐小蝶。这一生，我总得爱一次。为了我的余生跟前面那样风平浪静，我做出这一生最大的妥协：换床。

我和唐教授一起去富安居家具市场买了一张尺寸正常的新床。

新床是普通的新式床，榉木床架，睡宝床垫，长两米，宽一米五。她睡里边，我睡外边。这张床适合我瘦削的身材。唐教授也说床好，宽狭恰当，软硬适中。

祝愿唐教授从此在我的新床上幸福、安全！

只可惜跟随我四十年的老式床，像身上的一块肉离开了我。旧家具市场像一所孤老院，我的老式床被我遗弃在那里。一个月内，我曾经每天中午都到小区门口对面的麻家庄站乘坐34路公交车，经过一个小时的颠簸，来到旧家具市场，远远地看着宏达旧货贸易市场乱七八糟的地面，我的旧床就混杂在旧冰箱、旧沙发、旧餐桌之间，但因为它确实独一无二，显得鹤立鸡群。它是一件工艺精湛的艺术品，有故事，有温度，有情感。我害怕老板将它卖给庸俗粗野的油腻屠夫或品行不好的人，或者干脆拆了当柴火用来烧烤狗肉。有一天，我来晚了，我的旧床不见了。老板说，卖给了一个北京来的有涵养的家具收藏家……祝贺你，你的旧床远走高飞了。太好了。我放心了。从此以后，我再也没乘坐过 34 路公交车。

但我的家庭生活并没有想象中那样风平浪静。问题还是出在床上。我的妻子，也就是才华横溢的唐教授，在生活中明察秋毫，斤斤计较。她每次擦拭卧室地板的时候，总是无法擦掉旧床留下的痕迹。因为旧床太过宽大，新床无法覆盖它留下的空白。地板上总是有四只旧床留下的脚印，每次擦拭都明明已经擦得毫无痕迹，但地板一干，它们又慢慢露出来了，渐渐清晰，像两双死不瞑目的眼睛。唐教授终于生气了，说把木地板换了吧。我说，不换吧，新地板有异味，受不了，而且旧地板也没有什么罪过。几经争执，我仍然不同意换地板。唐教授只好忍气吞声，不了了之。但她说，奇怪了，我睡在新床上，感觉像睡在狭窄的笼子里，越睡越窒息，像一条被卡在石缝里的鱼，或搁浅在黑暗的沙滩上，进退不得。

几天下来，唐教授像一条过于疲惫的老狗，走路都摇晃，仿佛一条失控的船漂在海面上。唐教授终于后悔了，对我求饶说，我受不了新床，我错了。

我说，唐教授，你想听听我的感受吗？自从换了新床，我再也没有合过眼，连梦境也消失了。只有现实没有梦境的生活是坚硬的、冰冷的，身体和灵魂都无处安放。这不是人生！

我意识到，如果这样下去，我将不再有余生。

"你还是把它找回来吧。我们不如睡在原来那张床上，尽管它过于宽大，但有边界，像一艘船。我喜欢船。"唐教授向偏执、自私、嫉妒的内心妥协了，信誓旦旦地说，"为了抵达人生的彼岸，我必须接受那艘曾经沧海的船。"

唐教授的幡然悔悟固然让我十分欣慰和感激，可是，去哪儿找回那张床呢？

○午夜之椅

　　跟琼发生激烈争吵的那一天晚上，我刚刚收到莹坠亡的噩耗。我没有告诉琼，因为有些悲伤彼此并不相通。她没有察觉到悲伤的海啸摧毁了我的防线，但我违反了不反驳不争吵的原则。我怒吼了。我错了。

　　争吵的原因莫名其妙，琼斩钉截铁地说，我跟前妻的感情死灰复燃，暗中来往密切，上个月某个夜晚还曾经乘坐新开通的 3 号地铁去鲤湾路，拐进孝贤巷，在那间狭小而昏暗的爱尔兰酒吧，跟前妻庆祝结婚纪念日，其间喝了一瓶从家里拿的法国红酒，说不定回了前妻的家里。我对天发誓，离婚两年来，我跟前妻一刀两断，从没有过联系，不用说跟她见面，甚至连女儿也没见过。琼不知道我多想见我的女儿。如果她当初给的那些钱能起作用，芳又找对了医生，她的智力应该正常了，可以叫我爸爸了。

　　琼什么都好，就是多疑，总是以为我会跟前妻藕断丝连。其实，前妻对契约的遵守出乎所有人的想象，她永远不可能违反她和琼之间的协议，哪怕是口头的约定。有一次，我给她打电话，询问女儿的情况，她什么也没说，默默地挂了电话。她不想跟我再有什么瓜葛。

　　但琼总是习惯性地违反契约。比如经常无故冤枉我，说我的心里不是装着芳就是装着莹，唯独没有她的位置。我满怀委屈，但很少替自己辩护。事后，琼会向我道歉，说错怪了我。但这一天，我在阳台上凝视着那张沙发椅子，突然觉得莹穿着我买给她的藏青色旗袍坐在沙发椅子上。我轻声地叫了一声莹，她竟不见了，像影子一样消失在阳台上。

　　此时，我的手机微信咚地响了一声，是东北一个朋友发给我的：一个小时前，莹在北京三里屯，从十八层楼上跳了下去。

　　我情不自禁地发出了一声"啊"。我想我是无意惊动了琼，真的很抱歉。

　　我一下子变得很忧伤。琼扑过来质问我三次了，是不是真的？跟前妻庆祝结婚纪念日的事情。我回答说，不是真的。琼说了一通所谓的证据，比如怪不得那天晚上从我身上闻到了芳的气味。我大声地替自己辩护了，甚至是一声怒吼。这是第一次。因此激怒了琼，她对我的怒吼始料不及，像被人用一条假蛇惊吓了。她跳了起来。我也生气了，摔了一只茶杯。当我意识到我没有资格生气的时候已经来不及了。火势太大，任何灭火的行动只会火上加油。我只是张开双手，朝她做了一个拥抱的姿势。我的意思是和解吧，让这糟糕的一天过去吧，别让黑夜搅拌着悲伤和愤怒吞噬我们。琼没有领会我的意图。她本能地后退，跌倒在仿佛刚才莹坐过的沙发上。

　　"你心里是不是盘算着要将我杀死分尸，然后绞碎冲进下水道？像网上说的那些男人……"琼突然瘫软了，服输了，绝望地看着我，眼里充满了悲伤、惶恐和哀求。

　　我说："我不是要伤害你，我只是向你保证……"

　　琼说："不，我不需要你保证什么，我放手，你可以回到前妻那里去了。"

　　我无话可说。僵持了一会儿，我递给她一条毛巾。她小心翼翼地接了过去，擦去脸上的汗和泪水。她依然那么漂亮，只是明显老了，眼袋和雀斑清晰可见。

"我们分手吧。你不属于这里。"琼压着怒气，用左手指着门的方向说，"把屋子里属于你的东西拿走。"

其实我早已想要离开这里。我无法承受琼一次又一次对我污辱性的审问，但我还是希望不要以这种方式离开，尤其是我还没有找到落脚点的情况下。我对琼说："我们还能好好说话吗？坐下来，再谈谈。"

"滚！"琼喊叫道。在炎热潮湿的南方，"滚"是汉语中毁灭性最强的一个字。这是最后的吼声。整个小区都应该受到了震动，凝固的夜色骤然散开，像被炸开的雾气。

我可以拒绝名利，唯独没脸面抗拒逐客令。我必须立即离开。

很明显，这个我称为家的地方只是我暂时寄宿的地方，除了我的衣服、画笔、所剩不多的颜料，只有一件东西属于我，那就是一张灰色单人沙发椅子。

琼的房子藏在莱恩小区的密林深处。小区是国有林场的职工住宅区，种满了茂盛的树木，仿佛他们把山里的树都移植过来了，把小区变成一座森林。阳台被树木遮挡，终年看不到阳光，对面的邻居跟她互相看不到。房子虽然小了点，但很不错，布局合理，通风透气，中式装修也达到了一定品位，这些半新的家具我也熟悉，当初就是我所在的搬家公司负责搬运进来的，有些家具还是我摆放的。我搬进来后，只对阳台做了些修改，把阳台改作成我的"画廊"，作为我画画的地方。至于那些花草和风铃，我尽量保持原来的样子。那张灰色单人沙发椅子，宽大的底座、厚实的靠背、坚固的扶手，永远像有一个穿着华丽衣裳的忧郁美人靠着背坐在上面，使得阳台变得意味深长，但又弥漫着淡淡的忧伤。正是这些淡淡的说不清的忧伤让我和琼的感情时起波澜，有时候惊涛拍岸。自从到了南方，我一直不习惯睡在黑夜里，常常梦中醒来，离开床，在黑暗里发呆。而自从有了这张椅子，我更加无法安静地熬过漫漫长夜。那张椅子，像一只犯了睡眠困难症的猫，我每次半夜醒来，它总是引诱我到它的怀里坐坐。仿佛是，我一坐上去，它就充实了，舒心了。有时候，我一坐就不知不觉睡着了，直到黎明将至，我才愧疚而慌忙地回到床上去。我以为琼从没有察觉到我的举动，实际上她不止一次不动声色地站在我的面前看我在椅子上酣睡的样子。当初，我还跟芳生活在一起的时候，芳也是这样，只是芳会悄悄地给我盖上被子，而且事后会心无芥蒂地对我说："床的烟火味太浓了，并不适合你。你属于沙发椅子。"我同意芳的评价。她懂我。

本来，我和琼说好了，我们会白头偕老的。琼说："如果你敢分开，我就敢死。"看得出来，她说的是真的。我心里想，不会分开的，这辈子就这样了，跟你在一起，直到生命终结。琼很满意，也很放心。我们过了一段幸福快乐的时光。

但还是要分开了。爱情只是用谎言堆积起来的危卵，虽然高耸如山，却经不起一阵穿堂风。

我把所有的画作和画笔、画纸和颜料装进一只塑料袋，拎着它绕过最近的垃圾池，扔到小区最偏远的垃圾池，付之一炬。尽管是在黑夜里，但火焰也不特别热烈，只不过像原野里的一丁点萤火而已。我决心从此以后不再画画。

这是最后一次下决心。火焰熄灭，我的心也随之熄灭了。虽然我不肯承认，但事实已经证明，我没有这方面的天赋，画了十几年，没有一件作品进入过省级美协的画展，他们说我的作品除了俗什么也没有。除了莹，没有一个人欣赏我的画。我不属于这个时代，也不属于这个世界，像尼采一样。

琼不想再看到我的任何私人物品留在她的世界里，甚至要求我把我的气味也全部带走。我不止一次被驱逐出门了，也有了经验。在东北的时候，我就被房东驱逐过两次。在M城，芳也曾经将我驱逐，以类似的方式，仿佛我是她们打的一个喷嚏。

此时已经是夜里。万家灯火，静谧的小区容不得有人发出吵闹声。

一切都很安静。那张沙发椅子，我唯一的一件家具，我轻轻地扛着它从阳台上穿过客厅。她决绝的脸色像是凝固的颜料，自始至终都没有改变。我轻轻地叩开房门，轻轻地关上。我不乘坐电梯，从五楼走下来。路过楼下人行道时，我感觉到她在阳台上看着我。我不指望她说一声再

见或慢一点之类的话。此时此刻，她脸上的决绝应该慢慢
变成了忧伤，孤独感和巨大的悲怆会迅速将她击倒。这是
人类必须承受的情感。她要承受，我也同样承受着。

我没有回头，出了小区，一直往南走，沿着马路走，
希望找到一个能安放它的地方。

夜色迷人，灯火辉煌，繁星满天。面对如此夜景，我
茫然不知所措。立秋刚过，忽然有了些凉意。我的背上还
有一只塞满衣物的背包，沙发椅子比背包沉得多，我很快
就累了。

拐过两道弯，面前这条宽阔的马路有一道长长的
坡。坡的尽头是 M 城最繁华的万达广场。我无力一口气
到达那里，在离它还有两公里的地方，在还没有长大的樟
树底下，把椅子放下来，也将背包放下。

虽然已经夜深，但马路上仍然车水马龙，只是没有什
么行人了。

从琼的家里出来，我心里已经明白，身上仅有的钱无
法住上一宿旅馆，我跟一只流浪狗没有区别。看来我得重
新适应露宿街头的生活。

活着，一定要相信好日子会随时到来。这是当年莹对我说的，现在，我将它送给所有的人。

我有点饿了。整个身子瘫软下去，靠坐在沙发椅子上，仰望星空，回顾起这一生。

这些年，或者说这一生——如果生命止于四十一岁，我过得都不如意，好日子从不光顾我。虽说我追求的事业是画画，但我贩卖过皮鞋、木材、草药、新疆大枣，开过装裱工作室，以雄心勃勃开始，以灰头土脸结束，债台高筑，四面楚歌。为了躲避债主，我换了三个城市生活，满洲里、锦州、鞍山，都很短暂，每次都像一只鸟掠过荒原，世界越来越苍茫。唯一干成过的一件事就是六年前娶妻生女。妻子是M市的，长得很漂亮，柔弱而精干，是典型的南方女人，善良，温柔，对生活充满热情，对家庭尽心尽责。我对她十分满意，以为这一辈子终于安家立业了，毫无疑问，我愿意和她幸福地过完下半生。

妻子名字叫芳。我刚从东北到了M市不久，一贫如洗，只有支付宝上的五百块钱。我到中介服务公司咨询租房事宜，接待我的姑娘就是她。

芳对工作很有责任心，滔滔不绝地给我介绍这个城市。"M城是最好的城市，比东北任何一个城市都好。"她说。我问她去过东北哪些城市，她说这辈子从没离开M市。但我还是毫不犹豫地同意了她的观点。她鼓励我买房，现在是最好的时机，能买不要租。我说："我先租着吧。"那几天，她每天带着我去周边看房。很有耐心，一套一套地看，地段、环境、房子的装饰、价格的对比……她每一句话都无可挑剔。看了许多好房子，我都摇头。她对我的诚意起了疑心。我说要租最便宜的那种。她明白了，最后在思贤路的一条小巷里找到了一间单身公寓。一个身份可疑的女人刚从那里搬出去，屋子里还有她的气味和体温。阴暗、破旧，还有一堆肮脏的垃圾。每月三百元租金，这是M市最便宜的房子了。芳怕我不满意，赶在房东之前把那些垃圾清扫干净，把那张歪歪扭扭的床摆弄端庄。

房子里除了一张床，什么也没有。床罩散发着浓郁的腥臭，床的靠背上到处都是斑驳的污渍。芳说："将就吧，万事开头难，总比露宿街头好。"

可是，我从没有告诉过她，这些天我是在建政路工商银行的屋檐下过的夜。夜晚那里灯光昏黄，地板干净，空气清新，而且安静，是露宿的好地方。跟我一起露宿的还有一个看上去有精神障碍的老女人。每晚睡前都很有仪式感地铺好草席子，从容优雅地换一身洁白的睡衣，将她的北京布鞋整齐放在离枕头很近的地方，坐下来，环视一下四周，心安理得地躺下，盖上花格被单。被单从脚盖到脖子，只露出嘴巴和脸。她早睡早起，睡时不打鼾，起来时不声张，悄然收拾行装离开，从不妨碍银行的营业，到了晚上，她再回来，像回家一样。看得出来，她是这里的常客和主人。她睡觉的地方跟我只有三米之隔，我不打扰她，她也不干预我。看上去，我们仿佛相依为命。我和她没说过一句话。有时候，她怔怔地看着我，想说什么却又把话咽了回来。她对试图靠近的人张开嘴巴露出锋利的牙齿并发出怒吼，但我觉得跟她为邻很安全。芳怎么知道我会露宿街头呢？她说出此话的瞬间，我觉得她是一个天生会体贴人的女人。

我几乎没有收拾，只是换了床罩，然后从街头的流动商贩手里买了一张床单和一只便宜的决明子枕头。将门一反锁，倒头便睡。这是我在 M 城的第一个家。

芳还给我介绍了一份工作，给一家搬家公司干活。于是，我干起了一份从没干过的工作。每天奔跑于这城市，为那些搬家的人服务，搬运各种家具，从一个陌生的地方搬到另一个陌生的地方。我羡慕这些有家、有家具的人。漂亮的房子、昂贵的家具、温馨的家。我真希望，这个或那个家是我的，连家具也是。我的力气不够大，搬不动笨重的家具，被同事嘲讽，带班的对我很不满意，他看出来了，我干不了体力活，我只是一个"文人"。

我确实只是一个文弱书生，画画的。从小我便跟文化馆的二舅舅画画。舅舅认为我能成为一名优秀的画家，他从不允许我干体力活，怕伤了我的手，怕我的画画才华跟随汗水一起流失。我跟二舅一样擅长画仕女。在长春，我还是有一些名气的。舅舅去世后，我没有了生活来源，画画养活不了我。我对画画一度失去了热情，便尝试着做生意。前面已经说过了，生意失败让我的处境举步维艰，甚至走投无路。莹被一个瞎混瞎吹的平面广告商骗去了北京，从此杳无音讯。此后，我觉得自己像换了一个人，躯体和灵魂都不是原来的了。可是，芳和琼都没见过我以前爱情饱满、踌躇满志的样子。

替别人搬家更使我体会到生活的动荡。我期望尽快结束动荡不安的生活，有一间属于自己的画室，哪怕只有一个安放得下画架的角落。有一天，在工作的过程中我对一张沙发椅子产生了兴趣。那时候，我和几个同事待在搬家汽车的大货柜里，他们都累得睡着了，我盯着那张沙发椅子看，睡意朦胧间突然发现上面坐着一个人，一个身着古装的侍女。就像我在长春画的那种女人，盛装，微胖，圆脸，樱桃小嘴，眼神很忧郁。我怔了一下，完全醒了过来，本能地寻找画笔。她不正是我的模特莹吗？她正襟危坐，等待我的创作。黑暗闷热的货柜里一下子变得明亮。可是，除了杂乱的家具，什么也没有。

这些家具的主人是琼。是旧家具。她从西城区搬到东城区，就是现在的小区。我们搬家具进屋时，我察觉到了，她对这张沙发椅子流露出无处安置的嫌弃之色，我及时开玩笑说："我想买这张沙发椅子。"那时的琼笑得很阳光，很妩媚，脸很白净，眼睛很清澈，嘴唇上下都很鲜红，像一个刚收获爱情的仕女。

"我一直在替这张椅子寻找新的主人。"琼说。

这张椅子最初的主人也不是琼。当初她从二手家具市场买回来的时候，也觉得它有一种说不出的特别，一坐上去，伤感的情绪便像夜色一样从四面八方围过来，不知不觉地让人泪流满面。她三番五次要扔掉它，又舍不得。她要为它找到相匹配的主人。

琼一下子看中了我。

我用一天的工钱便买下了这张沙发椅子，满心欢喜地把它扛回出租屋。从此以后，我对床慢慢失去兴趣，夜晚，我就坐在沙发椅子上，对着空荡荡的床发呆。是的，艺术家需要有足够的时间用来发呆。更重要的是，我在努力地跟这张陌生的沙发椅子培养感情，彼此了解，喜欢上对方。当我跟椅子的感情与日俱增、无法分开的时候，芳又一次出现在我的房间，坐在空荡荡的床上喜出望外地看着我说："我妈说你是一个好人。"

"你妈是谁？"我惊讶地问。

芳告诉我，每晚露宿建政路工商银行屋檐下的老人就是她妈。

露宿是她的执念，是为了纪念芳的父亲。七年前，芳的父亲跟芳的母亲大吵一架后不辞而别，出走的时候，他没带任何东西，连工资卡也没带。芳的母亲以为他只是赌气出去一两天，可是，这个倔强的电影院退休美工竟然一去不返，五年了还没有归家。芳的母亲一直以为芳的父亲肯定是在城市的某一角落流浪，晚上露宿街头，因为自尊心特强的他不可能寄人篱下。于是，她也要在没有床和家具的街头过夜，以此表达她的懊悔和患难与共之意。父亲给芳留下了一套两居室，是上世纪八十年代的房子，很破旧了，一直要拆却迟迟没见动手，像被判了死缓的犯人。

"我妈说，你要嫁一个好人——像你爸一样好的人。"芳说。

我自认为通过努力可以做一个好人。于是，我和芳结婚了，像一个被人认领的孤儿，我忐忑不安地走进了一种陌生的生活。

我把属于我的唯一家具——沙发椅子从出租屋里扛出

来，一路往南走，穿过东葛路和鲤湾路，闪进孝贤小巷，拐进省电影公司宿舍区，就到了芳的家。

房子放满了旧家具，好不容易才找到安放我的沙发椅子的位置——卧室的一个墙角。芳曾经劝我扔掉它，但我不同意。我觉得，如果这个地方没有一件属于我的家具，就不能称之为自己的家。

结婚后，芳的母亲依然在建政路工商银行的屋檐下过夜，只有我结婚那天她才回了一次家，目的是告诉我，原来我睡觉的地方被一个新来的流浪汉占据了。她的意思是，从此以后，我连露宿街头的可能性都没有了，所以，要对她的女儿好一点，像一个好人那样照顾好家庭。

遵照芳的意见，婚后我辞掉了搬家公司的工作，她托关系把我安排到一家幼儿美术辅导班当教员。我教孩子们画河流、画海滩、画火车、画东北的雪和大森林，其实是在帮助孩子们孕育梦想。我的工作得到了家长和老板的认可，我也很高兴。芳突然发现了我的价值，认为我可以把事业做大，怂恿我暗地里招生，在家里开班，自己当老板。在她的张罗下，我招了五个学生，就在家里辅导。尽管家里很狭窄，但充满了朝气和希望。

我的女儿出生了。一个我完全陌生的婴儿占据了我们生活的巨大空间。芳辞职在家带孩子。空余时间，我经常和她带着女儿去看她妈妈，给她带吃的和穿的，但显然她妈妈不希望我们去打扰她的生活，不久，我们再去看她时，她已经不在那里了。在那里露宿的流浪汉告诉我们，她已经搬走了。我们找遍全城的银行屋檐，也没有找到她。

也许是因为女儿多病，也许是因为母亲失踪，芳的性情发生了很大的变化。她暴躁不安，经常当着学生的面对我无故责骂，导致我的学生很快流失殆尽，我试图重新回到原来的辅导机构却被断然拒绝。我们的生活一下子变得拮据而没有安全感，有一天傍晚，我们正在做饭，家里因为欠费停电了，我们翻箱倒柜，竟然连交电费的一百八十二块钱也凑不够。芳到物业管理处破口大骂。当得知停电不是他们干的，她依然不依不饶："供电公司跟你们是一伙的，一个妈生的！欺负人！"骂完了，她抱着女儿朝着陌生的行人哭。

南方的女人跟东北女人不一样，喜欢哭，她们肚子里装满了各式各样的忧伤。

　　孝贤小巷并不十分狭窄，巷道两边有剃头匠、补鞋匠、针线女、刮痧师傅、修电动单车的在摆摊。有一天，我从家里搬出那张沙发椅子，放在补鞋匠和剃头匠之间，在椅子的旁边竖上一张硬纸皮做的广告牌：替人画像，每张二十元。只要有人坐到沙发椅子上，我就能给他们画一张满意的画像。可是，我突然发现，他们兴致勃勃地站在我的面前，但坐到椅子上去便慢慢变得深沉，继而露出悲伤的表情，我再三提醒也无法让他们恢复喜悦和甜美，因此所画的画像无一不满脸忧伤，仿佛刚刚丧亲，或将大难临头。而一离开椅子，他们便恢复常态，恍如刚从另一世界脱逃归来。

　　我的生意比剃头匠差一些，但每天也能画上三五张，两三天的收入刚好够给女儿买一罐奶粉。靠才华养家糊口，更重要的是自由，我觉得这才是我要的工作。

　　大约一年多之后，有一天，有人提醒芳，你的女儿可能是一个智障儿。因为别人同龄的孩子都能唱歌跳舞了，而我们的女儿还不会叫爸妈。芳对提醒她的人又是破口大骂，但她被刺激到了，跑到我的面前，大呼小叫。

"我要死了！"芳说，"如果女儿真的是智障，我宁愿去死，你也必须陪着我们一起去死。"

我正在替人画像，才画到一半，不得不放下手里的画笔，带着女儿去了省医科大看医生，得出的结论是智力发育障碍。芳的世界坍塌了，仿佛她的智力突然下降到跟女儿差不多的水平。她整天抱着女儿耐心地诱导她叫妈妈爸爸，但女儿只是盯着妈妈的脸，永远是一副惘然的表情。有时候，芳精神快崩溃了，对着女儿大呼小叫，最后，对着我大呼小叫。

尖叫声塞满了整个世界。我们的生活一团糟。

而此时，芳的父亲突然回到家里。

那天黄昏，一个胡子拉碴、浑身散发着臭味的老男人一言不发，一屁股坐到我的沙发椅子上。我请他坐得更端正一些，眉头更舒展一些……这样我才能画出令他满意的画。

"我不画像，我只是累了，想歇一会儿。"他说。

我也累了，我要收拾东西回家。

我扛着沙发椅子回家。进门时，竟然发现他跟随着我。

芳开门，惊叫一声："爸。"

芳的父亲多年未回家，却若无其事似的，像今天早上出门，现在回来吃晚饭一样。对这些年到底去了哪里他避而不谈，只是惊奇地问芳："你妈呢？"

从此以后，家里增加了一个人，变得异常拥挤，压迫感爆棚。

芳对父亲的意外回归既措手不及，又很不习惯。很快，芳与父亲的战争取代了一切矛盾冲突。芳总是责怪父亲让母亲患上了精神障碍，流浪街头，与那些品行良莠不齐的流浪汉为伍。哪怕不以此为由，芳还有其他理由将父亲骂得躲进卫生间里半天不敢出来。每次我以为他已经从下水道逃跑了的时候，他却失魂落魄地从卫生间里闪出来。如果女儿不在，他会问我：世界有什么变化吗？我说，没有。他既不表示失望，也不做出如释重负的样子。为了减轻空间狭窄带给我们的压抑，他总早出晚归，寻找芳的母亲。每天信心满满地出门，回来时像条失败的猎狗一样沮丧，还风卷残云地把一家四口的晚饭吃得所剩无几。这让我和芳都变得沮丧、尴尬又紧张。芳每天带着女儿外出寻医问药，我每天拼命吆喝，希望人们成群结队地请我画像。我需要钱。可是，情况刚好相反，找我画像的人越来越少，这城市的人不仅自己不需要画像，连给亲人画遗像的钱都省了。

有一天下午，阳光正好，来了一个年轻的女人。她一下子就认出了那张沙发椅子："噢，又见到你了，椅子！"

我也一下子认出了她。

是琼。

她比过去丰腴、成熟了许多。皮肤还是那么白，跟阳光一样白。

"这张椅子原来有这样的用处。"琼说，"我低估了它。我把它贱卖了，像当初贱卖我自己一样。"

我说："它本来就属于画家。"

琼装出痛心的样子，抚摸着椅子叹息："它瘦了。坐它的人太多了，那些乱七八糟的屁股！"

我很认真地给她画像。那时候，她的表情很忧郁，看得出来，她的内心充满了挫败感。是的，我把她的神态和内心世界刻画出来了，栩栩如生，细致入微。她对画像很满意。

"你不属于街头。"琼说。

这是那些日子里我听到的最贴心的一句话，像当年莹对我说的那样：你不要跟人间烟火味靠得太近，会被熏死的。

后来，琼经常路过孝贤小巷，说是去办事，顺便来看我替别人画像。如果看见我闲坐着，她便坐到沙发椅子上，嫣然地笑，说："再给我画一张，我给你钱。"

我需要钱。同时我习惯了等待。当琼从人头攒动的街角出现，我的内心便惊涛拍岸。凝望深渊久了，深渊必予以回望。琼就是我的深渊。画像的时候，我们经常四目相对，从开始的躲闪到后来的互相凝视只用了三个月的时间。她太像莹了！越来越像。她的影子每时每刻都在孝贤巷游荡，在我的梦里扑打我，挥之不去。

有一段时间，没见到琼出现在孝贤巷，我的心里空荡荡的。我责骂我自己，不应该见异思迁，不应该有非分之想，不要滑向人迹罕至的深渊。

尤其是，在这个家一团糟的情况下。

芳看得出来，我开始对杂乱无章的生活，对没完没了的烦忧失去了耐心，其实，她也看出了我的无能。她经常指桑骂槐地嘲讽我一无是处。更甚的是，她竟然把女儿智障归咎于我把劣质颜料带回家里，还在家里画那些一钱不值的仕女，还在夜里离开床，躲到沙发椅子上做梦，像一个梦游症患者。

我无法反驳。因为夜深人静的时候，无论那张椅子在哪里，我都能听到它如涓涓流水般的呼唤。芳说，她总有一天会把那张魔咒附体的椅子付之一炬。

终于等到了这一天，琼来到了孝贤巷，对我说："我想赎回我的椅子。"

我还来不及拒绝，她接着把嘴贴到我的耳边说："把你一同赎走。"

我喜出望外，但装作十分为难和忧虑的样子，只是对她淡淡一笑。

"这里弥漫的连烟火味都说不上，简直就是咸臭味，没把你熏死已经是奇迹。你必须跟我离开这里，一刻也不能再耽误了。"

后来我才知道，此时的琼刚刚告别一段失败的婚姻。其实也不算婚姻，因为她根本就没有嫁给那个男的。她只是一个属于黑夜的情人，那个男人只是在每个月的某个夜晚悄然潜入她的卧室，黎明前便匆匆离去。后来，三个月才来一次，最后干脆不来了，举家搬到了另一个城市，把她遗弃在此。

我以为琼跟我开玩笑，想不到她是认真的。第二天傍晚，她竟然出现在我的家里。我推门进去的时候，她正在屋里和芳谈话。芳的父亲坐在角落里抽着劣质烟。琼没有嫌弃屋子里复杂难闻的气味，坐在一张小板凳上，一身极为普通的打扮，显得朴实无华。

我正想开口说话，芳的父亲起来把我推出门："那是两个女人的事情。"然后挽着我的手走下楼，沿着孝贤巷漫步。

"我也是画画的，你知道吗？"芳的父亲问我。

我知道，画电影海报的美工，说是提前退休，实质是下岗了。

"琼说得对，你不属于街头。"芳的父亲说，"芳的母亲也曾经对我说过'你不属于街头'，可是，我一辈子只属于街头。我是街头的命。"

我不明白他的意思。我们一路往北走，穿过东葛路、思贤路，到了建政路。经过工商银行的时候，我们朝着那儿的屋檐驻足而望。

"其实，这个屋檐我也露宿过，就在你和芳的母亲中间，只是你们没有发现而已。"芳的父亲说。

我十分惊讶。那时候，在此屋檐下露宿的陌生人如走马灯一般，我没有在意，只是睡觉而已。

"我又要离开芳了。跟广阔的街头相比，家太窄太窒息了。"芳的父亲说。

我想问"是不是要去寻找芳的母亲"，但话到嘴边又咽了回来。

"你明白我的意思了吗？"芳的父亲再次问我。

我摇摇头。

"你跟我不一样，你不应该只满足于做一个好人！"他公布了答案。

我依然不明白他在说什么。我突然对所有的东西充满了疑虑。我对这个世界所有的疑虑都束手无策。

最终，是芳告诉了我答案。

琼向芳赎买那张沙发椅子，十万元。当然，必须赠送一件东西。

那件赠品便是我。

芳同意了。

关键是，我也同意了。只是我对买卖原则提了一个小小的要求。

芳想不到我也会同意。琼离开我家后，芳半开玩笑地跟我说了这笔还没有成交的生意。她再次征求我的意见，脸上充满了笑意。我读出了她的意图。我说："只能这样了。"

我说的是真话。女儿治病需要一大笔钱。芳是知道的，她自称找到了最好的医生，但需要一笔数额巨大的费用，而琼的十万元简直是雪中送炭。

然而，芳一下子脸色大变，继而怒火中烧，要将手里的女儿当成炸药砸向我。如果不是芳的父亲劝阻，将是一场不可收拾的冲突。

我是想离开这个家了。我需要孤独。莹早就警告过我：你不要待在人间烟火味太浓的地方，会被熏死的。

我对这笔买卖有一个小小的要求：我不卖那张沙发椅子，也不能作为赠品。那张沙发椅子的产权必须永远是我的。这是作为一个画者最后的尊严。

在两个女人谈判的筹码里，这个要求不是原则性的问题，她们相视一笑，交易完成。协议不需要我签署，她们郑重地按上手模后就生效了。

芳迫不及待地驱逐我出门。她履约的态度坚决而彻底。我的一切都被清除。我从哪里来，要往哪里去，被两个女人忽略了。在芳书写的历史里，将不会出现跟我有关的任何信息。离开芳的家前，芳的父亲把我送出门外，真诚地告诉我："等你老了，老无所依，我，一个孤独可悲的老画匠向你推荐好的去处。"

他的脸上充满了诡异的笑意，看上去像梵·高的自画像。

我扛着那张沙发椅子，越过孝贤巷、鲤湾路、东葛路……

我是爱琼的。真的爱。当然，以前我也爱芳。还有在
长春的时候，我还爱莹。我都曾经爱着你们。琼，我进你
的家门后的那些日子，我们如胶似漆，相见恨晚。每到傍
晚，你坐在阳台的沙发椅子上，像一个宋代的仕女，忧郁
地看着我。其实，你的内心是喜悦的、幸福的，对吗？

三年来，我在你的家里，你供我食宿，我心无旁骛地
画画。我画了很多画。我把它们送到 M 城的书画经营公司，
但他们给我很低的价钱，伤了我的自尊心。我把画拿回来，
宁愿将它们烧掉也不贱卖。是的，我宁愿贱卖我自己，也
不贱卖我的画。琼鼓励我说："你将来会让他们后悔的。"
你怎么知道他们将来会后悔？琼不懂画。她只是崇拜书生。
或者说，谈不上崇拜，她沉迷把一介书生握在手里的掌控
感而已。每次以她为模特，画到最关键的时刻，她总是露
出小市侩的浅薄来，让我大为扫兴。她以为我想到莹了，
有不悦之色。确实，那一刻我真的无比怀念莹。

莹是真正的模特。原先她是长春歌舞团的一名演员，

后来才成为广告公司和服装厂的模特。有一次，我在一家广告公司遇到她，被她的美貌和气质迷住了，像是我梦里见过的人。我盯着她看。她走过来，微笑着对我说："我见过你。我看过你的画。"她是指迎北京奥运会时我画的一幅巨型宣传画，一个手执火炬的少女奔跑在长春的大街上。

"她有古典气质。"莹评价说，"像我。"

那个手执火炬的少女确实像她。可是，在此之前我从没有见过她。我画的时候纯属凭空想象的。我以为，世界上最美的女孩应该像画中少女的样子。

后来，我快要把莹忘记的时候，她突然来到我的画室，一声不哼地看我的画，像一个专业的鉴赏师，看完后咧开牙齿对我笑。她的牙齿洁白整齐，像一朵朵盛开的百合花瓣。

"你给我画一幅画像吧。求你了。"莹恳求我。

我毫不犹豫答应了她。我让她换上古代仕女的服饰，花了一个下午，其实天快黑了，我才把它画好。莹很满意，但她没有拿走。

"这是你的作品，我不能随便拿走。"莹说，"记住，你的作品离开你就会死亡，像鱼离不开水。你要把它们留在身边。"

莹每隔一段时间便来一次我的画室看她的画像，在画前端详半天，然后略带忧郁地离开。半年后，有一次，她站在自己的画像前哭了，把我吓坏了。

"你是我见过的最好的画家。"莹很严肃地对我说。

我受宠若惊。她离开后，二舅对我说："她说的是对的。"

但是，我忘记跟莹说了："你是我见过的最好的女孩。"

可惜了，我一直没有对她说这句话，即使后来她成了我的女朋友，我也没有说出来。

后来，我画的很多仕女都是以莹为模特的。倒霉的是，我的画没人问津，不是我画得不好，而是那时候莹的名声被人败坏了。在长春，关于她的传闻铺天盖地，她一度成为了"烂女人"的代名词。她失业了，无处可藏，整天在我的画室当我的模特。二舅对此颇有微词，担心莹影响了画室的名声。我才不在乎别人怎么看莹，我爱她，就够了，去他妈的名声！

莹也是真爱我的。她是见过名利的人，所以对名利看得很透彻。

"名利就是狗屎，不值得你用最好的才华去追求。"莹说，"你才是世界上最好的画家。好好画你的画。"

然而，我开始考虑赚钱，因为莹是一条五颜六色的金鱼，我必须给她水和养分，尽管她信誓旦旦地说不需要物质，宁愿跟我过一辈子穷日子。可是，我不能让我们的爱情陷入贫困的险境，不顾莹的反对和劝告，我折腾各种生意，都失败了。最后，把二舅留给我的画室也赔了进去。东北沦陷了。

莹离开我的原因绝对不是因为我一无所有，而是因为我不听她的劝告。但她没有生我的气，只是觉得我浪费了才华、消耗了元气太可惜了。

"你不能跟烟火味靠得太近。会熏死你的。"莹说的是对的。可是，当我重新回到画画时，已经找不到当初那种仰天俯地、畅快淋漓的感觉了。

现在，一想到莹，后悔的雪便堆积如山。

月光如雪，犹如冬天洁白的东北。此刻人间没有了烟火，纯净得像情窦未开的仕女。无数仕女携着悲伤从天而降，为首的正是莹。我控制不住自己，突然号啕大哭，悲痛欲绝。

一个头发紊乱胡子拉碴的流浪汉从我跟前走过，驻足停留，咧嘴对着我笑。

"我很好笑吗？要不，你来试试？"

流浪汉不置可否。我站起来，哽咽着对流浪汉说："你坐一下。"

流浪汉还在犹豫，我拉他，推他。他终于半推半就地坐到了沙发椅子上。我看着他表情的变化。开始时，他还在笑，过了一会儿，他的表情慢慢变得肃穆和忧伤。一阵风吹过来，他的眼泪终于夺眶而出，最后轰一声对着万达城方向号啕大哭……

"你哭什么呀？"我问他。他没有回答我。哭得根本停不下来。

哭声引来了好奇的人。来的人越来越多。有男人，也有女人，有老人，也有年轻人。我明白了，这个城市，看似安静祥和的夜晚，并非无懈可击，只要有哭声，总会引出一些人来。

"发生什么事情了吗？"不断有不明真相的人问。

我说："没有什么，这是一张忧伤之椅，无论谁，只要有忧伤，坐上去便会失声痛哭。"

他们不相信。我让流浪汉站起来，让出位置，让另一个人坐上去。

流浪汉不愿意让座。我拉扯他。他瞪了我一眼。

"我坐到了狗屎。"流浪汉站起来，嘟哝道。

我仔细端详了一下，这个流浪汉不是芳的父亲吗？他右边嘴角有一道明亮的疤痕，在月光下闪烁。待我再欲印证，他已经钻出人群扬长而去。

取代流浪汉的是一个肥胖的中年女人。她才坐上去，便掩脸而哭，断断续续地向我们诉说她悲苦的一生。

不信邪的是一个强壮的男人，他把肥胖女人揪起来，自己坐上去。他坐了好一会儿，我们以为椅子失效了。我劝他让座之时，他竟然像山洪暴发一般痛哭起来，捶胸顿足地说他对不起自己的妻子。他完全崩溃了。我从没见过

一个男人能哭成那样。我真希望芳和琼都亲眼目睹这一时
刻，不为了什么，只为了见证一张椅子的神奇。

　　围着椅子的人越来越多了，都是陌生的脸孔。他们彼
此也陌生。午夜里哪来那么多的人？这个城市到底有多少
陌生人？

　　好像是，他们刚刚走过了很长的路，累了，争先恐后
地要坐到那张椅子上去。我被他们挤到了外面，要重新挤
进去几乎已经不可能。我又一次被驱逐了。

　　我心里很清楚，那张椅子已经不再属于我。我的泪水
已经干了，忘记了刚才有多伤感，但椅子上传过来的哭声
越来越忧伤……

　　这一切增加了我的后悔，乃至恐惧，我赶紧离开，趁
他们不注意，匆匆遁入夜色里。

○ 香蕉夫人

　　堂姐有一个土特产一般笨拙的名字：秀英，但人长得漂亮，端庄，秀气，身高也让人羡慕，上下很匀称，堂姐皮细肉嫩，肤色白皙，尤其是鼻子不像堂婶那样扁得像用熨斗熨过，而是像一根青涩的香蕉那样蓬勃地隆起，弧度恰到好处。单单凭这根鼻梁在米庄也可鹤立鸡群，何况她还有一双让人称羡的丹凤眼，她整齐而洁净的牙齿被米庄所有人引以为样板。堂姐根本不像一个农村姑娘，而像当年上海来的女知青。堂姐文凭很低但也有文化，喜欢读书看报，喜欢看电影，只要方圆四十公里内有露天电影，她从不缺席。她像是某个电影明星。而且，为了不让人有捕风捉影、猜疑造谣的机会，她常常带上我。因此，我跟随堂姐奔跑在黑夜里，看过很多电影，同时我在无数闲人面前以铿锵之言证明堂姐从没有借看电影之机跟任何一个男人约会，也拒绝过无数男人死皮赖脸的追求。

堂姐坚持明媒正娶。因此，远近的媒婆川流不息，踏破了堂叔家的门槛，但一直没有成功。要么是堂叔堂婶看不上，要么是堂姐死活不同意。

其中有一个媒婆姓叶，不像其他媒婆那样口舌如簧，嘴吐莲花，她不甚说话，不故意拔高男女任何一方，实事求是，但善于抓住要害，直抵人心，在做媒这个行当，她的成功率一骑绝尘，在蛋镇可谓德高望重。但即便是这样的一个媒婆，在堂叔和堂姐面前也遭遇一次又一次的滑铁卢。她已经第八次踏进堂叔的家门了，给堂姐介绍第八个对象。前面七个，条件相当不错，有三个过了堂叔堂婶这一关，但都入不了堂姐的法眼。

"秀英实在是太挑剔了。"村里的人都这样说。

"我能不挑剔吗？是我嫁人，又不是你们！"堂姐深知嫁人不是儿戏，村里的姐妹们嫁错了男人，结果生活奔波劳碌，如花似玉的年纪嫁出去，不到三五年便变成了黑黑瘦瘦的黄脸婆，除了身后多了几个孩子像尾巴一样跟着、粘着，想甩也甩不掉外，什么也没捞着。心一软成千古恨，这样的悲剧绝对不能在她身上发生。堂姐说。

堂叔的家境很不好，因为堂婶生完第五个孩子后，身体每况愈下，堂叔向来干不了重活，脑子的结构估计比木瓜复杂不了多少，而且从不思考发家致富的事情，唯一显示他聪明过人的是，他把大女儿，也就是堂姐奉若至宝，千方百计让她找一个好婆家，顺便提升他家的生活水平。因为堂姐有这个条件，而且，堂姐也是这么想的。堂姐已经过够了贫困的生活，连买一件最便宜的喇叭裤都得攒半年。她希望一嫁过去就能成为阔太太，一改目前贫困的窘境。

媒婆们给堂姐介绍过家境不错的，但也不能让她满意。比如长江村养猪大户谢天全的儿子，万元户都连续当了两三年了，参加过县的政协会。但堂姐嫌养猪的人太臭，隔着一座山也能闻得到他身上散发的猪气味。"如果跟他睡在一起，肯定就像睡在猪栏里。"还有黄坡村的黄大鱼，前几年养鱼积攒了些许家底，现在改行做了布匹生意，在镇上开布行，如果嫁给他，新衣服随便做，而且，黄大鱼年龄并不比堂姐大多少，人也敦实，无不良爱好。但堂姐说，黄大鱼的门牙太长，像一根雪亮而锋利的鱼刺，无论那两片厚厚的嘴唇如何努力也包不住。

"一想到他的门牙，我就害怕他把我吃了。"堂姐说，"而且，他长得一副败家的相，富不过三代。"

祖父懂麻衣相法，堂姐从小耳濡目染，多少也学到了一点，单凭这一条就比不学无术的堂叔强。

平政镇上梯村有一柳姓人家，人丁兴旺，世代以挖矿为业，中途虽有沉浮，但现在家境蒸蒸日上。媒婆说了，柳姓子弟三人，个个相貌堂堂，均可与堂姐相配，随便她择其一。堂姐对柳姓人家的家境和子弟都很满意，经再三对比，选中了老大，差不多已经到了谈婚论嫁的地步，但堂姐发现了一个致命的问题：柳姓这户，祖上虽然富甲一方，但从没出过读书人。

"不出读书人的地方，决不能嫁。"堂姐说。我无法理解才小学毕业的堂姐为什么如此苛刻。堂叔也觉得堂姐所言极是："万般皆下品，唯有读书高。祖训就有这一条。"祖训有二十三条，但堂姐独独遵循这一条。

还有一户人家，家庭条件不错，男方长得也中规中矩，没有特别短板，各方面都经得起挑剔，祖上出过一个秀才，书法在县内小有名气，而且一辈子与官府合作，没做叛逆之事，获得善终，虽是历史人物，声名却一直流传。但男方家离米庄太近，梁村的，就隔着一条河，如果嫁给他，每天早晨醒来睁开眼睛就能看到自己的娘家。

"相当于，从自己家的厅堂走到厨房；相当于，吃饱了上趟厕所又回来；相当于，没嫁。"堂姐说。

也就是说，堂姐希望嫁得远一些。家里的是是非非、家长里短不想让娘家人知道太多、太快。要有些陌生感、差异性，不能嫁人后，那边的人跟娘家的人连蹲厕所的姿势都一模一样。

于是，媒婆给她介绍的对象换了地域，不是附近村落的，也不是本镇或邻镇的，甚至不是本县的。堂姐希望介绍的对象是广东的，靠近香港更好。广东人门路多，生活过得相对比较好，嫁到广东去是村里女孩子的第一选择。她们觉得只要嫁到了广东便有了盼头。然而，似乎是，广东男人嫌弃米庄的女人，这些年，只有极少数的女人嫁到了广东，而且男方的家境在那边都是最差的，男人也是最猥琐的。曾经有媒婆介绍一个广东高州牛贩的儿子，长得帅气，性格阳光，也跟父亲学会了相牛，但堂姐还是看不上。

"我讨厌他大热天穿丝袜凉鞋的样子，像个女人。"堂姐说。

"人家广东就流行这样的穿着打扮。有的男人留长发，穿花花绿绿的衣裳。"媒婆说。

"这样的男人会下田干活吗？"堂姐说，"况且，我打听过了，他家已经三代单传。他的一个祖父、曾祖父都是年纪轻轻死于癌症，家族遗传。"

媒婆无话可说。媒婆们知难而退，不再轻易踏进堂叔家门。只有叶姓媒婆仍为堂姐的婚事锲而不舍地奔走。

只是，堂姐的挑剔、苛刻之名已经传遍周边数镇，常常被拿来当"反面"典型。堂姐闻之，并不觉得丢人："不偷不抢，不贪占男人的礼金，不上男人的床，我有什么可丢人的？"

说实话，堂姐一直守身如玉，不像村里的一些女的，认识男的才三天，便在男方家过夜了，即使后来很快分手也不觉得羞耻。而且，如果堂姐看不上，相亲时获赠的礼物她一定会通过媒婆退还给男方，互不相欠。因此，除了挑剔、苛刻，堂姐的名声和尊严并没有受损。

叶姓媒婆似乎已经把为堂姐找到婆家作为她从业生涯最高的成就，也作为与同行拉开差距的最重要标志，为此她绞尽了脑汁。这一次，她又带来了新的消息，虽然同样也没有十足的把握。

堂姐依旧首先问："男方是何方神圣？"

"浦北的。"姓叶媒婆说。

堂姐和堂婶在堂屋，坐在叶姓媒婆的对面，中间与叶姓媒婆隔着一小堆黄豆。母女惊讶地面面相觑："浦北在哪里？"

"浦北是广西的一个县，与广东一河相隔。广东那边炒菜，在浦北这边能闻得出是番茄还是白菜。只要他们愿意，一脚踏过去就变成广东户籍了。"

叶姓媒婆费了差不多一顿饭的工夫才将浦北的地理位置和交通条件说清楚，堂姐和堂婶也才似懂非懂地说："浦北没有问题，嫁人不是嫁县。"

　　堂姐和堂婶在这方面惊人地一致：哪个县都不重要，重要的是家境。家境不好的话即使嫁到北京又怎么样？在北京靠涮厕所啃馒头为生，还不如嫁个阔绰一点的乡下人。只要这个男人有力气，肯干活。

　　堂姐和堂婶说得真透彻，因为想得透彻。

　　叶姓媒婆拿出男方照片。照片在堂姐、堂婶和堂叔之间来回走动，被仔细端详、审视。堂叔说，人不错，清秀，老实，本分，关键是不像农民，倒像一个读书人。堂姐认同堂叔的看法："长得一副读书人的模样，前世应该是个秀才。"她加上了一条："看上去也不像是一个短命的。"

　　"他的村子祖上出过进士、知县。"叶姓媒婆说，"他的家族没有出现过三代单传的情况，甚至没有成员死于癌症，他的祖父活到了91岁，他的奶奶93岁了，现在一顿还能啃三斤香蕉。"

　　这很好。已经无限接近完美。

　　"男方有三十亩香蕉园！"叶姓媒婆说。

　　堂姐和堂婶同时眼放亮光："三十亩？"

　　叶姓媒婆坚定地说："明年还要扩种十几亩！"

这一次，堂姐和堂婶竟然爽快答应了："只要男方没意见，下个月就可以订婚了。"

我们都知道，香蕉是好东西，能换钱。香蕉种得越多，就能换越多的钱。我们村里，我家，也种了一些香蕉，也赚了一些钱，但都是小打小闹，一家最多也就种三五亩。而且，我们村人多地少，一家最多也就五六亩地。当听说"三十亩"时，他们都仿佛受到了惊吓，但哪怕惊魂未定，他们也能迅速准确地估算出"三十亩"每年能带来多少银两。

堂姐出嫁那天我才第一次见到堂姐夫，黑黑瘦瘦的，腰板挺不直，左肩膀比右肩膀低，脑袋又小又扁，在我见过的堂姐相过的所有对象中，他是长相和体格最令人沮丧的一个。而且，哪像一个读书人？村里的人甚至说："他那身体能护理三十亩香蕉？"

他们多虑了。堂姐夫虽然瘦小，但像广东人那样精明能干，不仅有力气，还有智慧，不仅精打细算，还目标远大。他雇了三个越南长工护理他的香蕉园。长工们都称他卢老板。堂姐夫姓卢，长得像一副广东老板的模样，瘦得像猴，精得也像猴。那些肥头大耳的，往往没有什么出息，最多也就是一个屠户。所以，米庄的乡亲们对堂姐夫还能接受。

堂姐夫出手大方，堂姐的婚礼办得很风光。排场宏大，热热闹闹，米庄的姑娘十分羡慕。婚礼那天，全村的孩子们口袋里都装满了堂姐夫的糖果；男人们的耳根上挂满了堂姐夫的香烟；不论老少，女人们每人获赠香港产的一双尼龙袜子和一条印花全棉手绢。这是让人无法攀比的慷慨。堂姐夫仅用一天时间便赢得了米庄所有人的认可和尊重。女人都称他"香蕉王子"，而堂姐顺理成章地被捧为"香蕉夫人"。

此后，堂叔家的生活水准果然直线上升。每天，堂叔都到村头的肉摊买最好的肉，出手就是两斤。放在过去，是不可能的。即便是此时，也无人可比。堂妹堂弟们很快从面黄肌瘦变得生机盎然。堂叔甚至放话说，明年，至多后年，他家的房子便要拆旧建新了。因为他实在无法再容忍破旧和逼仄的房子。

"浦北人的猪栏都比我家的房子好。"堂叔说。其实，他家祖上建的房子还算不错，至少比我家的房子好，但他看过堂姐夫家的房子后，心里起了波澜。

堂姐嫁过去后，堂姐夫家更是多了一把干活和经营的好手，如虎添翼，家境蒸蒸日上，堂婶和堂叔不断从浦北带回好消息，令米庄的人都羡慕得紧。

"秀英家的香蕉园获得了丰收，卖得也好。收入嘛……保密！"堂婶说。

但堂叔永远无法保守秘密，他说："两万三千元。"

这个数字在米庄及周边村落引起轩然大波：原来种香蕉这么赚钱了！

大半年后，堂姐第一次回娘家。她长胖了一些，壮实了，脸上有刚被海风扫荡过的痕迹，但胸脯更丰腴了，眼神也更妩媚，穿着出嫁时的花格子白衬衣，比出嫁前更像一个美女。妇人们惊呼："香蕉夫人"回来了！浑身上下都是贵妇气！看来浦北的水土并不比米庄差。

堂姐夫给村里带来了一麻袋香蕉，供乡亲品尝。

当打开麻袋时，一股香气扑鼻而来，剥皮入口，大伙儿赞叹不已："秀英种的香蕉怎么这么香？"

　　是的，堂姐带来的香蕉比我们自己种的香蕉皮更薄，肉更嫩，更香甜，而且表皮漂亮干净，金黄金黄的，尤其是它们的身材，圆润、饱满、修长、弯度合适，像一个个身材高挑、脸容姣好、晶莹剔透的小美人，跟我们村自产的香蕉放在一起，简直是鹤立鸡群，让人舍不得将它们的皮剥脱，舍不得将它们一口吃掉。

　　堂姐骄傲地说："这是著名的浦北香蕉。像香港一样有名。"

　　小孩子吃过香蕉后赞不绝口："浦北香蕉像香港一样香！"

　　这是我第一次见识浦北香蕉，印象是那么美好，因为是堂姐种的，它更让我自豪。

　　堂姐说："很多浦北人就靠种香蕉成为万元户、十万元户。"

　　"浦北"经米庄人口耳相传后，闻名遐迩，妇孺皆知，像高州、化州、信宜一样变得赫赫有名，威风凛凛，一时间，名气直逼广州。而浦北香蕉让我们村的香蕉相形见绌，村民们感觉这些年活白干了，香蕉白种了，如果不是堂姐嫁到浦北，根本就不知道世界上还有那么好的香蕉。村里的一个民办老师说：当年昭君出塞，从西域带回来香蕉品种，中国才有香蕉。现在，秀英嫁到浦北，也可以给我们带回来浦北蕉苗。他的意思是说，堂姐秀英嫁浦北的意义堪比当年昭君出塞。大家纷纷恳求堂姐把浦北蕉苗引进我们村，他们迫不及待了。

后来我才知道，关于昭君从西域引进香蕉之事纯属胡说八道。香蕉起源于亚洲南部，香蕉的原产地中心可能是马来半岛及印度尼西亚诸岛，目前在马来西亚的森林里还可找到香蕉的野生祖先。我国同样是香蕉原产国之一，也是世界上栽培香蕉历史最悠久的国家之一，有两千年以上的栽培历史。

大家磨拳擦掌，跃跃欲试。堂姐没有立即答应我们的请求，而是请我们先去浦北参观一下香蕉园，见识什么叫规模种植，如何护理，如何经营，那边的人们是如何靠种植香蕉发家致富的。第二天，村里十几号发财心切的人跟随堂姐到镇上乘班车到县城，然后辗转到了浦北福旺镇。因为我跟堂姐的关系好，她点名让我跟随她回浦北。

费了很大的周折，我们才到达堂姐家。浦北跟我们村不一样，这里靠近海边，地势平坦，土地肥沃。一路上，我们对几乎一望无际的香蕉林惊叹不已。长势茂盛、亭亭玉立的香蕉树把大地变成绿油油的一片。宽阔的香蕉叶遮风挡雨，在烈日下傲然招展。堂姐家的香蕉园真有三十亩之多，我从东头穿越到西头，足足走了十三分钟。香蕉树上挂着硕大的香蕉果，每一串香蕉果的长度堪比我的身高。然而，香蕉树并不高，香蕉果差不多跟它等长，香蕉树自身无法支撑香蕉果，像一个生养了众多孩子的母亲无法承受生命之重一样，每一串香蕉果都必须借助一根木条苦苦支撑。

"如果风调雨顺，今年又将有一个好收成。"堂姐说。

在这里，所谓的风调雨顺，最重要的是没有在快收获的时节遇到台风。台风像强盗一样，它一来，便犹如大象闯进瓷器店，几乎所有的香蕉树都被放倒，香蕉果便随之夭折，一年的辛苦便随风而逝。

我们村里来的人在堂姐的香蕉园里流连忘返，仔细观察，咨询堂姐夫如何护理香蕉树。因为祖祖辈辈种植香蕉，堂姐夫年纪虽轻，却已经是香蕉种植的专家了，他有问必答，答案有理有据，令人信服。他们对堂姐夫刮目相看，说他像一个精明的广东老板。在堂姐家的两天时间里，我吃了无数香蕉，仿佛把一辈子要吃的香蕉都吃完了。这些香蕉清甜可口，唇齿留香，饱食不厌。我尝试着各种吃法，大口吞，小口啃，用牙齿咬，用嘴唇吸，用舌头舔……像酷暑天吃冰棍，食相销魂。大家都笑我快要被香蕉撑死了。可是，我对这些香蕉消化特别好，吃得多，拉得也多，大便顺畅，痛快淋漓。

我喜欢浦北的香蕉和香蕉林。我跟堂姐说要留下来，将来当一个像堂姐夫一样的蕉农，拥有属于自己的三十亩香蕉园。堂姐说，蕉农也是农民，很辛苦的，还是读书好，你必须回去好好读书，将来考大学当干部。

我听从了堂姐的劝告，跟随他们回家。村里的人从堂姐家带回了好些香蕉苗，种到自己的田地里。第二年，这些香蕉苗长高了，长壮了，结了果，但这些"浦北香蕉"到了我们村，也许是水土不服，香蕉果没有堂姐家的甜香，皮也厚很多，还带有酸味。村民们有些沮丧，雄心勃勃的香蕉致富计划就此搁浅。我要想吃到世界上最香的香蕉，只有等堂姐从浦北来。

因为农活太忙，又生了孩子，堂姐回来探亲的次数越来越少。但每次回来，她总要带些浦北香蕉给我。我总是如获至宝，舍不得跟别人分享。这是我最喜欢的食物，它的味道强势地刻进我的脑海。逐渐地，堂姐的形象越来越模糊、生疏，一想到堂姐，总是从脑海里蹦出"浦北香蕉"，堂姐变成了一个慢慢淡去的背影。

终于，"浦北香蕉"取代了堂姐。

我到了镇上读书。其间堂姐回来，我一次次错过，自然也没吃上她的香蕉。但听说，自从我离开米庄后，堂姐再也不带香蕉回来了，而是带孩子。先是一个，然后是两个，后来是五个。她再也没有多余的手和肩膀带香蕉了。

大概是四年之后，我考上高中那一年夏天。堂姐回来了，她一个人。我在村口挖沙砌猪栏，被人叫了一声。我抬头看，一个似曾相识的女人在热情亲切地对我笑。

"是我。你姐，秀英。"

我仔细辨认。果然是。我快认不出秀英姐来了。

又黑又瘦，毛发又长又乱，脸上爬满了雀斑，眼神无力，身体干瘪瘪的，海风风干了堂姐身上的水分，像隔夜的香蕉皮。而且鼻梁也坍塌了，像一座桥被抽掉了柱梁。她还是穿着出嫁时穿的那件花格子白衬衣，衣裳旧了，还算干净，但穿在身上已经不合适了，过于青春，过于肥大，过于耀眼，过于白。

我赶紧喊一声"姐"。

刚喊完，我的泪水便在眼里打转。

堂姐转身瞧瞧四下无人，从挎包里掏出三根香蕉，递给我说："只带了三根。"

我从堂姐手里接过三根香蕉。皮是青的，但软软的已经熟透了。

堂姐匆匆往村里走去。这次，是堂婶病重，她回来看。

从背后看堂姐，腰有点驼了，走路没有了章法，哪像才三十出头一点点的人？更不说"香蕉夫人"了。

我剥开香蕉皮，吃一口香蕉。这哪像是浦北的香蕉呀？没有了香气，没有了口感，完全是一种陌生的味道。我甚至吃出了一股酸味，可能是因为心酸。

　　我丢下挖沙的锄头，跑回家问母亲："秀英姐怎么啦？"

　　母亲轻描淡写地说："没什么呀，人好好的呀。"

　　"我是说她为什么变成那样了？"

　　母亲愕然。

　　"像一个穷要饭的！"我说。

　　母亲明白了我的意思。

　　"她的香蕉园没了。"母亲说，"前年被台风扫平了。去年，没遇到台风，但香蕉一毛钱一斤也没有客商问津，香蕉烂在树上。"

　　"一个好端端的香蕉园就那样没有了？"

　　母亲说："关键是你姐一个好端端的家庭就那样没了。"

　　这几年，因为香蕉园的失败，堂姐家道中落，欠了很多债。大多数的债是夫家亲戚的，也有银行的。堂姐还想恢复香蕉园。她说，种植香蕉就像是赌博，我不相信输的总是我。她回米庄问左邻右舍借钱，也向我家借了一些，全村借款加起来数目不少了。我们米庄人虽穷，但也爱面子，不能让堂姐夫家的人瞧不起，每次总要挤一点借给堂姐。可是，香蕉园重建得怎么样啦？村里没有谁去浦北看过。自从堂姐家衰败后，村里人再也不提浦北，甚至不能提"香蕉"。即便提到浦北，也听得出不是赞美，而是鄙视。那些债，开始还小心翼翼地提醒她还，后来懒得催了。因为堂姐穷得连米都要回娘家要。

堂姐夫三年没到过米庄，堂姐说他去广州发展了。要翻身还得去广东。村里人对堂姐夫的评价开始走下坡路，不再说他像广东老板，也不说他像读书人，不称他卢老板，更不称"香蕉王子"，说他呆头呆脑的，表面精明实际上有点傻，还靠不住，最后所有的评价定格在一个称号上：黑猴。

"那只浦北黑猴又没跟你一起回来？"他们的语气里明显有了嘲笑的意味。

堂姐说："他在广州做生意呢。"

村里人暗地说："浦北黑猴哪里是在广州做生意，是逃债去了，在一家餐馆当保安，还找了一个女服务员同居。"他们说梁村有人也在那家餐厅当保安，堂姐夫还向他借过钱给女服务员上医院看病。

堂叔和堂婶在村里已经无地自容，把责任推到了叶姓媒婆的身上。叶姓媒婆从一个恩人迅速变成一个仇人，这辈子积攒起来的好名声土崩瓦解，发誓说，从此宁愿给母猪找公猪，再也不给女人找对象。包括其他媒婆，再也不敢给姑娘们介绍浦北的对象，对"浦北"退避三舍。

然而，也有人为"浦北"辩护："秀英没嫁之前，人家浦北不是好好的吗？是秀英败坏了浦北名声。"

村里有人反驳："秀英非奸非盗，怎么败坏了浦北？"

"你没有发现她长着一副败家的相吗？"

未嫁之前，堂姐的相貌有目共睹，经得起麻衣相法的严苛量度。

"一个人的真面相，要等到破败以后才能看得清楚。"

是的，自从家道衰败后，堂姐的相貌像洪水退却后的河床，千疮百孔，颧骨、下巴、鼻梁等等都变形了，"露出了本来的面相"。可是我偏不相信什么麻衣相法，哪怕是老祖宗赖以生存的伎俩。无论怎样，我依然认为堂姐是村里最漂亮的，也应该是浦北最漂亮的。

堂姐曾经要介绍村里的姐妹嫁到浦北去，好歹互相有个照应。况且浦北县地势平坦，土地肥沃，搞生产的条件比米庄，比周边各县都好得多。但此时的"浦北"已经成为一个贬义词、反义词，她没能说服一个姐妹，哪怕村里长相最丑陋的。从此，堂姐在浦北更加举目无亲，孤单无援。

我明白了。我看穿了。

我想去看看堂姐的香蕉园是否重建起来了。如果没有，我愿意像她家曾经雇佣的越南长工那样帮助她，恢复香蕉园当年的景象。

堂姐离开米庄回浦北那天，我真在村口把堂姐拦住了。

"姐，我跟你回去，帮你重建香蕉园。"

堂姐吃惊地看着我，笑了笑。笑的时候，薄而苍白的嘴唇完全让位于发黄的有香蕉垢的牙齿。那是典型的"香蕉牙"。香蕉吃多了，牙齿就变成那样。堂姐夫的牙齿也是这样。

"好好读你的书！"堂姐用命令的语气对我说，有点凶。说完，她急匆匆地走了。此时，我才幡然觉得只有用这种语气说话才像我的堂姐。

堂姐沿着大路一直往前。路两边田里的稻子开始变黄，变坚实，变得沉重。堂姐以前是收割稻谷的一把好手，现在对频频向她点首示意的稻谷毫无兴趣，只顾低头急匆匆走路，像当年拉着我的手奔走在去看露天电影的途中。直到过了石拱桥，转弯，被一堵山挡住，堂姐才彻底消失。

○野猫不可能彻夜喊叫

这一天中午，我正在习惯性午休，半醒半睡间听到有人敲门。我以为是物业，又迅速否定。因为我提醒过物业的人，午休时间不要打扰。他们肯定记住了，因为我说得很不客气。又因为这个社区都是高档住宅，送外卖、快递、发小广告或推销商品的人不可能随便进来。自从妻子离世后，我便把自己孤立于世，独居十几年了，无论住哪里，素来不跟社区的住户来往，没有人知道我是谁。我曾经搬迁三次，就是躲避别人登门拜访，尤其是那些自以为是的不速之客、死缠烂打的画商和无孔不入的记者。大隐隐于市，这才是我需要的生活。我是去年春天搬迁到这里的，没有告诉任何人，连我自己也还不熟悉这里。

谁敲我的门呢？一开始我以为是听错了，但敲门声不依不饶地撞击我的窗帘和衣柜。我有些生气了，从床上爬起来，穿过通道和客厅去开门。

　　是一个陌生的女人。中等偏高的身材，穿着粉红色的睡衣，体态丰腴，面容姣好，肤色很白，看上去很善良，有点害羞，还不到四十吧，不俗气，可以说很优雅、端庄，身上散发着蔷薇的味道，却不像是便宜的香水。实话实说，我心里的怒气随着穿堂风消失得无迹可寻。这些年来，似乎是第一次出现这种情况，连我自己都感到吃惊。

　　她首先向我展示整齐洁白的牙齿和委婉腼腆的笑容。

　　"我住你的楼下，十一楼，1103房。"她说，往我屋里瞧了瞧。

　　我是十二楼，1203房。我半开着房门。我也穿着睡衣，是灰色的。

　　"有事吗？"

　　她警觉地转身看了看对面的门，紧闭着，才放心地盯着我抿了抿暗红的嘴唇。

　　"我喜欢你的阳台很久了。"她像赞美男人的皮鞋一样由衷地说，"好大的阳台，像飞机跑道一样宽。"

　　是的，整幢楼只有顶层十二楼才多出一个大阳台，向阳的方向。另有一个小阳台，朝北，每层每套房都有。我就是因为看中这大阳台才买这套二手房的，三米宽，十五米长，像一条空中走廊。

我耸了耸肩。我觉得她的比喻恰当并让我舒坦。

"今天阳光很好。每天都很好。那么好的阳光浪费了真可惜。但我都忘记如何跟阳光相处了。"她说。

我说："现在才是秋天，晒太阳还有点早。"

"深秋了，很快入冬了。我有事情想跟你商量一下，但怕你拒绝。你肯定会拒绝……不可能答应。我纠结了半个月了，该不该向你开口。"看上去她很难为情。仔细端详，她长得并非光彩照人，但浑身上下洋溢着女人的韵味。

"我的房子哪里渗水影响你了吗？"我说。

"不是。没有，这么好的房子怎么可能渗水呢。我是说阳光，我们谈论一下阳光好吗？因为你的阳台阻挡，阳光无法渗漏到我的窗台。像什么呢，像你这里关了水龙头，导致我的房子断了水，还像，还像按揭的房子断供了……"她说。

"这跟我有什么关系呢？房子本来就是这样。我要不要给物业打个电话，让他们派人拆了这个大阳台？"我刚刚消失的火气又要重新燃烧了。

"不是，我想跟你商量一下，能不能借用你的阳台晒晒被子？我特喜欢阳光的味道。"她恳求道。

除了物业管理人员，其他人无法打开楼顶的门。而且楼顶装满了太阳能设备，无处晒被子。十一层以下的住户只能靠朝北的阳台晒衣物和被子，但朝北的阳台有多少阳光光顾啊。我的朝南大阳台确实是晒东西的理想之地。我一个人生活，没多少衣物可晒，也不侍弄花卉盆景，因而几乎用不着大阳台，它空荡荡的，甚至可以容得下几个大妈跳舞。可是，因为房子里面塞满了东西，我喜欢它的空荡荡。在我家，它就是走马的平川。

我犹豫了一下，说，对不起，我一个人在家，可能不方便。

不出意料地被拒绝了，她脸上露出失望和沮丧的神色。

我要关门了。她忙乱地抓住我的门，不让我关。

"我已经想到你会不同意的。我早想到了。不能怪你。本以为我们可以好好谈论一下阳光的。"她说完，松开抓门的手，不等我回答，转身从楼道走下去。

一个女人如此冒失地跟我谈论阳光，让我感到既好笑又恼火。说实话，在现实生活中，虽然我没有媒体宣扬的那样桀骜不驯，拒人千里，但也没有平易近人到跟一个陌生女人聊阳光的地步。而且，请看看她的样子，像是一个能跟我对等、深入地聊阳光的知识女性吗？为了体验各种阳光，我和妻子曾专程去过撒哈拉、夏威夷、格陵兰、新西兰和危地马拉。当然，那时候我还风流倜傥，妻子还年轻貌美，而且对我爱得比阳光还透明、灿烂。

真是莫名其妙。我关上门回房间里去。

正躺下，敲门声又响了。我去开门，从睡裤和拖鞋可以分辨出来，是刚才十一楼的女人。只是她抱着一团巨大的被子。是蚕丝被，浅灰色，大朵大朵的蔷薇图案。被子挡住了她的上半身，从一朵"蔷薇"中"长"出她半边的脸。

"只借用一个下午。"她喘着气说，"求你了。"

还没有等我答应，她便抱着被子闯了进来。我只好闪到一边。她从容地走进客厅，右拐进厨房，从侧门出去，到达阳台，整个过程轻车熟路，像是回自己的家一样。

她把被子搭到不锈钢架上，摊开，刚好让被子舒展而无死角地迎着阳光。

"你看，被子一见到阳光就复活了。我都能重新闻到蔷薇的香气。"她满意地对我说，"谢谢你……"

我哭笑不得。她看到我穿着睡衣，意识到了自己的冒昧："阳光一退出阳台，我就上来取走被子。不耽误你。"

我刚要说什么，她甩了一下及肩的秀发抢着说："一个好阳台堪比一个好男人！"

从阳台出来，她环视了一下我的客厅。客厅的后墙是一面书柜，中间是一个画架，地上散落乱七八糟的草图和作废的画稿。空气中弥漫着颜料的气味。我不喜欢展示紊乱的一面给别人看，心里突然产生了局促感。

"除了阳光，我还喜欢书香的味道。"她真诚地说。

我估计她已经察觉到了我内心的慌乱。我希望她快点离开，或者等收拾整齐了再进来。

"我要休息了。我宁愿不要阳光，也不能没有午觉。"我严肃地跟她说。

她抬头看了我一眼，笑了，我才意识到忘记戴上假发了，露出荒芜得只剩下几根杂草的头颅。我狼狈得有点无地自容，但很快被重新涌上来的怒气掩饰了。

"不要紧，我前夫也是这样……"她指了指自己的头。不等我表达愤怒，她赶紧往门外逃也似的下楼去了。

我回到床上，翻来覆去，没有了睡意。心全在窗外的阳台上。虽然隔着窗帘，也能感觉得到那张柔软的棉被正张开所有的毛孔大口大口地呼吸着阳光，像一匹母马在我的院子里偷食草料，每啃一口都让我的心抽搐一下。

我起床到书房看书，但心仍在阳台的被子上。我忍不住去大阳台上看那张并不属于我的被子。它安逸地晒着太阳，面上的那些蔷薇已经复活过来，一朵朵热烈地绽放着。我用鼻子凑近它，轻轻地嗅。有一股淡淡的芳香，令人陶醉。从步行楼梯是可以看到我的大阳台的，我害怕那个女人在楼道里监视着我的一举一动，赶紧像小偷一样逃离阳台。

阳光一退出大阳台，女人便准时来敲门。她换上了裙裤，端庄而得体。

她首先俯下身子用力闻被子。

"阳光饱满了。阳光的味道一直没有变，还是那么好！"她颇有心得地说，"被子像喝足了奶的孩子，抱着怪舒服的。"

我说："你太夸张了。"

她愣了愣，说："我走了。谢谢你！"

她抱起被子，心满意足地离开。我要关门的时候，她转身对我，欲言又止，表情有点忧虑。我等不到她把话说出来，把门关上了。

第二天中午，比昨天早一点，敲门声又响了。又是她。她抱着一张毛茸茸的被子，比昨天那张沉重，她气喘吁吁，快支撑不住了，我本能地用手帮她托起被角。

"今天阳光也好。"她的脸上全是汗水。

我闪开让道给她进来。她熟练地穿过客厅拐进大阳台，把被子扔到架上摊开，阳光马上扑到被面上，像蜜蜂扑向鲜花。她的被子跟昨天那张一样漂亮，看上去就很舒适，让人想躺在它的下面。

"阳台真好！"她朝我笑了笑，然后从阳台回到客厅，虚脱了一般，一屁股瘫坐在我的布艺沙发上，"累死我了。不好意思，请容我歇一会儿。"

　　我的门是打开的，从门外看客厅可以一览无余。因而，不会给邻居或其他人留下什么话柄。她也注意到了这个细节，小阳台跟门口是相对的，风从窗口进来经过客厅往门外去，她好像看见了风："风从身子里穿过真舒服。"

　　我说，要不要给你一杯水？

　　她说，不要。谢谢。

　　我说，我也没准备多余的杯。

　　她说，不要紧的……我实在是太冒昧了，你应该看得出来，我跟你一样平时不喜欢打扰别人，也不希望别人来打扰我。

　　我心里想，我看不出来，你能跟我一样吗？

　　她说，你一个人住那么大的房子有点浪费……不过，我也是一个人生活。

　　啪一声，风把门关上了。我赶紧去把门重新打开，并用木枕把它固定住。

　　她说，你是一个画画的？这些画布……需要晒阳光吗？

　　我说，不需要。

她说，你画的这些竹子，看上去不错，但没有生气……你让它们晒一下太阳，兴许就活过来了。

我冷冷地说，是吗，我还没画完。

她说，你应该让它们见见阳光，包括你……的拖鞋、鱼缸里的鱼。

我站着，她坐在沙发上并没看到我脸上的尴尬和不耐烦。我进了房间，故意待一会儿才出来，她从沙发上站起来说，我该走了，下午三点我会来取走被子。

我把她送出门外。她的头发好像刚洗过，蓬松，散发着蔷薇的芳香。

"我叫闫小曼。"她情绪突然显得很低落，幽幽地说，"但你不必要记我的名字。"

我目送她走下楼梯。安静的楼道传来一阵炒菜的烟火味，是午饭的时间，我突然想起早上锅里蒸好了的馒头。一个生活简单、即将步入老年的男人，在没人催促的情况下也应该用餐了，但我还是先把三双拖鞋和鱼缸安放在大阳台阳光照射到的地方，然后才吃饭。

午睡时刻，我躺在床上，奇怪的是，无法安然入睡，因为心里总是担心下雨，把她的被子淋湿了。南方的城市不分季节地下雨，有时候每天都有一场甚至两场雨，而且往往是午后。雨后湿热的天气使得万物没完没了地生长，社区里负责绿化的妇女每天都在除草、修剪，她们的勤奋永远赶不上植物生长的速度。我只好从床上起来，拉开窗帘，躺在卧房的躺椅上看书，如果窗外骤然变暗，就意味着可能要下雨了。

天一直没有变暗。

我从卧房里出来，下意识地来到大阳台上，看着阳光发呆。

这个时候，我看得见时间流逝的痕迹。阳光有条不紊地从窗口和大阳台撤退。当它退到阳台的栏杆时，敲门声响了。

是闫小曼。又是客套一番，然后抱着被子离开。出门时，她转身对我说："鱼不能晒太久。尤其是锦鲤。"

此后大约一个多星期，闫小曼没有敲我的门。我倒有点想念她。我把早已经画好的几幅竹子拿到大阳台上晒了一会儿，果然，画布上的竹子看上去似乎在慢慢复活，舒展着叶子，直到变得栩栩如生。我画了十多年的竹子，怎么想不到让它们晒一下阳光呢？

偶尔想起闫小曼，觉得她是一个有意思的人。

有一天晚上，九点左右，我乘电梯下楼扔垃圾，电梯在十一楼停了一下，进来一个人，是闫小曼。她惊讶地看了我一眼，是你呀，很久不见……我回答道，是的。然后她背对着我，仰望着电梯显示器上不断变化的楼层数字。我看着她的后脖子，真白，且性感。双方一直无语到一楼。她走出电梯，对我轻轻地点了点头。往外走的时候，我才发现她的头发拉直了，一根一根清晰可数。她穿着黑色的高跟鞋，裙摆有节奏地左右摆动，她走得比较急。

后来一个月，我每天晚上九点左右都要乘坐电梯下楼，但再也没有偶遇到闫小曼。也许她不外出了。

我每天早上起来都画竹子。阳光照到大阳台时，我就停下来，到大阳台溜达溜达，伸伸腰，踢踢腿，看看楼下的植物和远处碧绿的游泳池。虽然我搬到这个小区才一年多，但我已经喜欢上这里。我每季度离开小区一次，把画作送到水晶城艺术品拍卖行去。每次短暂的外出，我都把世间浮华再温故一遍，然后像一个酒足饭饱的食客回到家里，自制一杯美式咖啡，心无旁骛地创作。

在我差不多忘记闫小曼的时候，她又出现了。

这天早上，早餐过后，我听到有人踹门。我打开一看，是闫小曼。她双手捧着一盆散尾竹盆景。

"它适合在你的阳台，我送给你。"

她不管我是否同意，直接往大阳台走去。她把盆景放在阳台中间靠栏杆处。

"我浇过水了，也施过肥了。它会像个听话的孩子，不哭不闹。"她说。

我说："好。"

闫小曼说："竹子好养。"

我说："你随时可以把它取回去的。"

闫小曼说："不取走了吧，就留给你。"

我以为她会瘫坐到沙发上跟我聊聊阳光，或者竹子什么的，但她拍拍手便离开了。

说实话，我喜欢这盆竹子。每天都给它浇很少的水，用湿布擦拭它的叶子，我愿意亲近它。它越来越像闫小曼寄养在我家的孩子，我得小心伺候，说不定哪一天她后悔了，把它取回去。

几天后的中午，闫小曼敲开我的门。

天哪，她在门外摆放着七八盆各种各样的竹盆景。棕竹，文竹，水竹，富贵竹，凤尾竹，佛肚竹……

"我家安放不下它们了。如果你愿意，我把它们安置在你的大阳台……"这一次闫小曼有耐心征求我的意见了。

尽管心里不十分同意，但我没有拒绝的意思。

"如果哪一天你厌烦了它们，我再把它们取回去。"闫小曼说。

我无法拒绝她。我俯下身去，左右手各提一盆，她也跟着我，一起提着盆景把它们安放在大阳台上。是她亲自摆放的。哪盆挨哪盆，如何搭配，她都胸有成竹。摆放那么多的竹盆景之后，阳台变得生机盎然。

"这些竹子娇气，经不起风雨，也经不起暴晒。"闫小曼叮嘱我说，"它还怕俗气。不能染上烟火味，不能对它们泼脏水，也不能对它们爆粗口。"

闫小曼千叮万嘱，我竟然顺从地全部应承了。

从此以后，我变得比过去忙了。我每天不一定给盆景浇水，但肯定给它们清水洗尘，好像闫小曼盯着我干活，这样不行，那样也不行。天气不好的时候，我担心它们。伸腰踢腿的时候害怕伤到它们。我的衣服不能在大阳台晾晒，因为我必须避免衣服残留的带着肥皂味的水滴落到盆景上。

南方的冬天很阴冷，在屋子里寒意更重。当初看上大阳台的最重要原因就是冬天能晒太阳。我把房间里的躺椅搬到大阳台，中午前后，躺在椅子上跟阳光相处，把身子晒暖，把心也加热。现在面对一排竹盆景，似乎心境更加舒坦明亮。我待在阳台的时间越来越多，干脆把画架移到阳台，对着盆景画画。有时候什么也不干，在躺椅上发呆，乃至昏沉地睡去。

很久不见闫小曼，兴许她忘记了这些盆景。一些盆景有了新气象，比如吐了新芽，或增添了叶子，我想告诉她。或者缺肥了，去哪里找到肥料，你得告诉我呀。但她一个多月没有出现。有一次响起了敲门声，我急匆匆地去开门，却是物业的人，说检测水管和煤气管道的，我有些许失落和沮丧。我每天晚上增加了一次出门，期待在电梯里偶遇闫小曼。我几次想去敲她的门，但最终还是打消了念头。有一次，我已经到达她的门口，举起了手又放下。她家的门跟我家的门是一样的，只是她家的门中央多贴了一个大大的"福"。还有一次，我在一楼大门口，用帽子遮住大半边脸，拨通了1103房的对讲电话。但没有人接听。

我快要被闫小曼折磨得失去自我的时候，这天下午，大概是一点左右吧，我还没有午休，突然响起了敲门声。

还好，是闫小曼。我才打开半边门，她便迫不及待地闪进来，径直跑到大阳台上去。

"想死我了，这些竹子。"她俯着身子逐一抚摸那些竹盆景，像拥抱久别的孩子。

我说："你放心，它们还活着。"

"因为有阳光，它们长得比过去壮实了。"闫小曼感激地对我说，"看上去它们过得也很开心。"

我发现她手里带来了肥料。她给竹子梳理叶子，松土，施肥，很专注，一点也不把自己当外人。但我并不感到厌烦，好像她是我邀请的客人。

"你终于戴上假发了。"她突然回头对我说。

第一次见到她时，以丑陋的秃顶示人，让我自责了好几天，自此，除了睡觉，我必须戴着假发，尤其是听到敲门声。可是，她直到今天才发现我戴上了假发。前几次我见她的时候也戴着假发的。

"假发也要经常晒晒。"闫小曼很真诚地说，并没有讥讽的意思。

我说："好。"

闫小曼满意地对我笑了笑："还好，你不是一个俗人。因为这些竹子在你这里没有变俗气。"

我说："是吗？"

我觉得自己身上还是有俗气，尽管我一直在努力"脱俗"。我并不介意别人说我的作品"阳春白雪""曲高和寡"，哪怕一幅也卖不掉。

"很久不见，我想跟它们单独说说话。"闫小曼说。

我顺从地离开了，让她好好跟这些竹子待着吧。

我在房间里看书，忘记了时间。当有点累了，从屋子里出来转到阳台时，我发现闫小曼竟然在我的躺椅上睡着了，头往左侧歪着。她穿着蓝色的睡裙，黑色的袜子，金色的阳光照在她的肚子上，蓬松而微黄的长发垂落到离地只有几厘米，随风轻轻摆动。

我快速回到房间衣柜取了一条崭新的羊毛毯小心地盖到她的身上。在俯下身为她盖被子的时候，我闻到了淡淡的蔷薇的芳香和阳光的气息。轻微而有节奏的鼾声像极早年我养的波斯猫，慵懒而耐人寻味。午后的社区一片恬静安详，仿佛能听到阳光流动的声音。远处的游泳池像湖面一样清澈，装满了白云的倒影。为了不发出声响，我把拖鞋脱了，赤着脚退回到厨房门口，躲在门角里远远地注视着她，一股暖流从脚底进入我的身体，让我也产生了倦意。我欣然回到房间，把房门反锁，安然而睡。

很久没在午睡时光做梦了，这天我做了一个长长的梦。梦中，我回到了青年时代，在湖边写生，阳光打在湖面上，湖水明亮得像雪。妻子在白色的沙发上睡着了，那时，她还年轻，很漂亮，丰腴的胸脯勇敢而热烈地指向天空。当我把画画完，妻子醒了过来，她慵懒地伸伸腰，一语未言，突然冲向湖，像一条锦鲤跃入湖中。我知道妻子不懂水性，我也不会游泳。我大声呼喊，却旷野无人，孤立无援。天突然昏暗下来，一条鲨身人面鱼从湖里飞跃而起，凶狠地扑向我。我认出来了，妻子变成了一条鲨鱼……

我惊醒了。我想起来了，今天是妻子的忌日，家里不应该留着其他女人。十六年前的今天，我和妻子在青山脚下无鲨湖畔写生。她也是一个画家。她才华比我高，比我画得好。我们相隔约三十米，各自画湖，互不打扰。当我画完，转身看她时，发现她不见了。我大声呼喊，却四下无人。我走近她的画板，湖已经画好，湖光山色，人间美景，而且已经落款。只是，在画的右上方她留下了一行娟秀的文字：虽难舍吾爱，然妾身去矣！

我发疯般呼来专业搜救队对湖进行了拉网式搜救，但一无所获。直到第二天，妻子才从容地浮现在湖面上，像一条肚皮朝天的锦鲤。

从此我的人生只剩下画画。而且，不再画湖，改画竹子。妻子的墓，就在一望无际的竹林里。有一段时间，我承受巨大的心理压力，因为很多人都责怪我没有照顾好妻子，甚至怀疑我蓄意谋害了她，以致有时候我真以为是自己谋害了她。直到我整理她的遗物，在隐蔽的角落里发现她服用的抗抑郁症药丸，我才明白。我和她师从同一个导师，同窗三年，结婚又三年，她从来没有告诉我她患上了抑郁症。她那么喜欢阳光那么喜欢画画和湖景，她对着我的时候永远是一副纯真、灿烂而催人奋进的笑容。而我恰恰相反。她经常嗔骂我脸色阴郁、冰冷，像极抑郁症患者。其实，我高兴的时候脸色也是那样，表情跟内心并无关联。

"你的脸需要经常晒晒太阳。"妻子经常开玩笑说。她是有幽默感的人，对世界和未来很乐观，常常跟我畅想垂暮之年的生活：湖，紫英花，明媚的阳光，橡木画架，竹躺椅和美式咖啡……

当然，她人也很漂亮，超凡脱俗。我们的导师曾经比喻她为"月光下的凤尾竹"。

我坐在床上赶紧为妻子默念了一段经文，这是我的习惯。经文是十三年前一个西藏法师口授给我的。每年这个时候，我都会为她念上几遍。今年竟然差点忘记了。

我从房间出来，拐到阳台，发现闫小曼不见了，躺椅上只剩下那条毛毯。

出去的门关上了，仿佛她从没有来过。

这天夜里，竟然毫无预兆地下了一场大雨。我在梦里似乎看到了从窗口照进来的闪电，但闪电没有惊醒我。直到大雨啪啪地拍打我的窗户，我才醒过来，突然想起阳台上的盆景。我冒着雨把它们搬进靠墙的角落，不让雨水伤害到它们。因为搬它们的时候忘记戴假发，让它们看到了我衰老而丑陋的俗样，我内疚得无法入睡，在床上捶胸顿足。

第二天，我刚吃完早餐准备画画的时候，闫小曼敲开了我的门。

"我来取走我的盆景。"她说。

我说："它们在我的阳台好好的……"

她说："它们能好好的吗？昨晚我听到它们哭爹喊娘的，心痛了一整夜。"

早晨起来我检查了，那些盆景并没有受到多大的伤害，那些被雨打歪的叶子很快就会在阳光的治疗下恢复生气。但我还是说："不好意思，我想不到这个时节还会有那么大的雨。"

她更正说："是闪电惊吓了它们！"

我说："我半夜起来照顾它们了……"

她对我很不满意，没好气地说："我觉得你已经厌烦了它们。我该把它们接回家了。永远不要把孩子交给男人照顾！"

我想争辩，我没有厌烦它们，相反，也许我已经喜欢上它们，它们也应该习惯了在阳台上的舒适日子。

但我没有跟她狡辩，毕竟那是她的盆景。

闫小曼手脚麻利地把所有的盆景都搬走了。阳台又空荡荡的了，像秋后收割过的原野。我有些失落，但我不会去花鸟市场购置盆景，太费劲。

第三天的午后，不，应该是接近黄昏，闫小曼又敲门进来，跟昨天阴冷着脸不同，这次笑容可掬，彬彬有礼，甚至还像第一次敲门时那样羞涩。

"我想在你的阳台待会儿。"她恳求我说。

我犹豫了一下："你不晒点什么吗？"

闫小曼说："不晒。我想自己待一会儿。"

我向她做了一个同意的手势。她满脸欢喜地拐进大阳台，把躺椅调向朝外的方向，然后躺上去。

"我就只想看看风景。看看那些人。"闫小曼背对着我说，"没事的时候，我真想天天躺在这里看风景。哪怕看看人也好。"

我说："是吗？"

她不再说话，看着远处的游泳池。此时阳台的阳光所剩不多，风有些冷了。

她躺了大概十几分钟便起身离开。我在客厅里捣鼓画。

"看腻了。什么都腻了。"她说。

我说："是吗？"

她说："但明天我还会来。"

果然，她没有食言。她连续来了三四天，躺十几分钟，快要睡着的时候她便匆匆离开。

"我看透了这个世界。"闫小曼说，"尤其是那些来来往往的人。我不喜欢。"

她躺过的椅子留下淡淡的女人气息。她离开后，我用鼻子凑到椅子上去闻一会儿，闭着眼睛，直到那些奇特的气息被风吹散，消失在空中。

　　然而，闫小曼不知道的是，我对她已经厌烦。因为她确实干扰了我的生活，让我不能聚精会神画画。甚至我想，我的阳台凭什么给一个并不熟知的女人享用？

　　闫小曼最后一次敲门提出要在我阳台躺一会儿时，我拒绝了她。我冷冰冰地说，不方便。

　　她面对我的冷面拒绝措手不及，有点语无伦次。

　　"我以为……我没想那么多，我只看看。那算了，真的，我只是……"

　　我说，真的不方便。对不起。

　　闫小曼怔了怔，然后狼狈地下楼去了。那一刻，我心里五味杂陈，但我终于可以回到最初的安静的没人打扰的状态，也很好。

　　之后连续七八天，没见着闫小曼。奇怪的是，有时候我竟然希望她能来"打扰"一下，哪怕一言不发，在阳台上躺一会儿便走。可是，她不会再来了。有一次有人敲门，我打开门，是一个老妇。她说她是对面的邻居。

　　虽然很失望，但我还是报以适当热情的微笑。

她往楼梯下瞧了瞧，发现无人，然后轻声地对我说："你得注意，经常来你家的女人患有重度抑郁症，自杀过三次了。你的房子上一任业主是一个独居老头，心软，经常让她进门，冬天在大阳台上吊嗓子，邻居都很有意见。老头一死，她就进不了门。可是，你像老头子一样心软……"

这些都是我第一次听说。我只知道这套房子在我买前已经空置大半年。

老妇用手掌挡住半边嘴巴，郑重其事地告诉我："这个女人名声也不太好，晚上别人都在睡觉，她却去上班。鬼知道她去哪。"

我淡淡地说："是吗？没事，我们只是邻居，我对她的私事没有兴趣。"

老妇苦口婆心地说："像我们都是体面的人，还是小心点好。"

我说："明白。"

闫小曼的形象在我脑海里一下子变得模糊破碎，我试图拼接一个真实而清晰的闫小曼，但始终面目可疑，无法令我信服。

这一天清早，我正在洗漱，有人急促地敲门。

是闫小曼。

门口摆放着那些从我家阳台搬走的盆景。每一盆我都熟悉。

"它们快不行了，嚷着要呼吸阳光。"闫小曼上气不接下气地说。

我看不出它们有什么不对，并没有蔫呀，不像是缺阳光的样子。

"夜里它们在吵嚷着要回到你的阳台。太烦人。"

我知道这是她的借口。她到底要干什么？我心里有十万个拒绝的理由，但还是和她一起把盆景搬了进来，在阳台上整整齐齐摆放好，像原来那样。

闫小曼如释重负，站起来伸了伸腰，便要匆匆离开。我叫住了她："你不吊嗓子了吗？"

闫小曼惊愕地怔住了，不知所措，羞愧难当。

"没事，我只是随便问问。"我说。

"早不了。"闫小曼说。她试图掩饰自己的慌乱，但很明显，她不善于撒谎，也不懂得伪装。

"唱歌不给别人听到，犹如锦衣夜行。"我说。我能猜得出来，她是一个歌手，至少是一个过气的歌手。

"不唱了。嗓子坏了。"闫小曼说。

她侧着身从我身边离开，我对着她的背影，试图安慰她："其实，我听得到你还在唱。只是在心里唱，没有发出声音。"

她没有停下来听我说完便离开了，像被人识破的小偷逃之夭夭。

好几天没有见到闫小曼到我家来看望她的盆景。我估计她忙。快到年关了，小区的年味忽然就浓起来。这天，小舅子一早来电话说，老丈人快不行了。我得马上赶回成都一趟。我放心不下的是那些竹盆景，只好到楼下敲闫小曼的门。

开门的是闫小曼。她穿着浅黄色的睡衣，尽显出她的丰腴性感。她努力张开眼睛，似乎还没有睡醒，脸色苍白，却楚楚动人。

是你呀。她朝我嫣然一笑，有事吗？

我说，我要离开几天，那些盆景……

她爽快地说，没事，我帮你照看。

我说，它们在我家……

她说，你给我钥匙就行。

我为难地说，恐怕不方便，你还是把它们取回去吧，我有点厌烦了它们。

我撒谎了。我并没有厌烦它们，只是不希望它们在我的阳台上受到冷落。

闫小曼觉得高估了她和我的关系，有些后悔提到钥匙，我怎么能要你家的钥匙呢？

我说，你不要误会，我只是不习惯把家里的钥匙交给别人。

她的脸红扑扑的，像涂了一层颜料。我也不知道要说什么，脑子里一下子全是妻子的影子。

你急着要走吗？她问，你可以把它们放在你家门口，我一会儿把它们搬回来。

我说，可以的。

闫小曼满脸失望地把门关上。我对自己也很失望。

我回到家里，把那些盆景全部搬到家门口的走廊靠近楼梯口处，安放得井井有条。我估计她很快会来把它们搬走。

然后，我便赶往成都。

八九天后我回来了。让我大吃一惊的是，那些盆景仍在我家门口，有些已经蔫了，有些变得枯黄，一派凋败。

我心里责怪闫小曼怎么能言而无信呢？我赶紧把盆景往家里的阳台搬。此时，对面的邻居门开了，那个老妇叫住了我："你刚回来？你知道吗？十一楼那个女人……"

我怔住了，一种不祥的预感迎面袭来："什么情况？"

她说："她又自杀了。前几天一早，有人发现小区游泳池里漂着一具'尸体'，衣服穿得严严实实的。是十一楼的那个女人。"

我手里的盆景啪一声掉在地上。

"物业管理也真是疏忽了，大冬天的为什么游泳池还有水呢？"老妇叹息道。

我一下子蔫了，自言自语："怎么会这样呢？"

"不过，还好，听说这次又没有死成，又被救活了。"

老妇说，"这年头，想死也不容易啊。"

听到自己屋子里面传来老头呵斥的声音，老妇还没把话说完便关上了门。我把所有的盆景搬到阳台，按照闫小曼的排列方式重新安放好它们。摔碎了盆子的那盘，我把它种在洗脚盆里。顾不上行李袋里马上要放入冰箱的鲜肉，我迫不及待地给盆景浇水、施肥，手忙脚乱，仿佛是一个对医疗一窍不通的人在紧急施救病人。

第二天早上，我欣喜地发现，那些盆景重新焕发了生气，阳光又回到了它们的身上，一切又重新开始。

但是，从此让我不堪其扰的是，每到夜深人静，时不时从楼下传来一阵低沉而尖锐的喊叫声，像是动物发出的，但有时候听起来更像是人的声音。一连几晚都这样。有时候清晰，有时候若有若无。有时候我以为声音是从我的阳台发出的，我起来到阳台上去静听，却一点声音也没有。那些盆景早就安静地睡着了，只有阳光才能唤醒它们。

这天早上，我无事打开门，对面的门也开着，老妇站在门口东张西望。我们似乎约好了似的，都在等待对方。看到我，她的眼睛突然放出光芒，往我这边挪走两三步，在走廊中间停下。

"你听到夜里的喊叫了吗？"老妇神秘感十足地问我，而且那副表情表明，我给出的答案将会确凿无疑。

"听到了。整个小区的人估计都听到了。"我说。

"你知道是什么在叫？"她看起来既惶恐又兴奋，希望我给她一个想要的同样确凿无疑的答案。

"我实在听不出来是什么声音。"我说。

"很像野猫，母猫在唱歌。"老妇卖弄她的经验和见识，"猫叫起来一点也不害臊。"

我断然否定老妇的猜测："野猫不可能彻夜喊叫。"

因为我可以肯定的是，那不是发情的、庸俗的喊叫，而是痛苦的低吟、绝望的呼救。

"楼下的人说，是十一楼的那个女人……想男人想疯了。"老妇小声说，脸上涂满了厚厚的不屑和讥讽。

我无言以对。再一次证明跟庸俗的市侩永远无法沟通，只能让自己感到掉价并且十分窝火。老妇还饶有兴趣地想继续跟我探讨，但我没有给她机会，啪一声把门关上。我发誓从此不再理会她的搭讪，甚至不会跟她同时打开房门。

　　整个上午，我都特别后悔没有跟闫小曼好好聊阳光。哪怕随意聊一下，可以是任何问题。我的大阳台，应该送给她一个人使用，随意她布置，晒被子、衣物，还可以摆放许多盆景，除了竹子，还可以有水仙、月季、百合、蜀葵、腊梅、雏菊、蔷薇。如果她愿意重操旧业，还可以吊嗓子，让自己的歌声唤醒万物。我决定明天去一趟家具市场，给她买一张崭新的女式竹躺椅，一张精致的橡木小桌，桌面上将永远放着一杯还冒着热气的美式咖啡……今后，我在客厅里画画，让她一个人在阳台待着，我像一个寄人篱下的客人谨小慎微，不打扰她。那是完全属于她的阳台。

　　因为料理盆景，累了，还没到午后，我竟在阳台的躺椅上睡着了。迷糊中我听到了清晰的敲门声，熟悉的节奏，恰当的分贝，合理的时间点……我惊喜交加，瞬间睡意全无，赶紧起身，慌忙查看了一遍盆景是否摆放正确，快速整理一下假发，匆匆穿过客厅，朝门小跑过去。

图书在版编目（CIP）数据

萨赫勒荒原 / 朱山坡著. -- 上海：上海文艺出版社，2022
ISBN 978-7-5321-8300-5

Ⅰ.①萨… Ⅱ.①朱… Ⅲ.①短篇小说－小说集－中国－当代
Ⅳ.①I247.7

中国版本图书馆CIP数据核字(2022)第137832号

发 行 人：毕　胜
责任编辑：江　晔
营销编辑：张怡宁
装帧设计：刘　哲

书　　名：萨赫勒荒原
作　　者：朱山坡
出　　版：上海世纪出版集团　　上海文艺出版社
地　　址：上海市闵行区号景路159弄A座2楼　201101
发　　行：上海文艺出版社发行中心
　　　　　上海市闵行区号景路159弄A座2楼206室　201101 www.ewen.co
印　　刷：苏州市越洋印刷有限公司
开　　本：787×1092　1/32
印　　张：10.625
插　　页：5
字　　数：153,000
印　　次：2022年9月第1版　2022年9月第1次印刷
Ｉ Ｓ Ｂ Ｎ：978-7-5321-8300-5/I.6554
定　　价：59.00元
告 读 者：如发现本书有质量问题请与印刷厂质量科联系　T:0512-68180628